大人的詩塾

「有些心情，長大才懂」的古詩詞筆記

趙啟麟・著

目錄

不用教，只要陪；不用講，只要聊

文／傅月庵（資深編輯人、作家）

故事是這樣說的：

嘗獨立，鯉趨而過庭。曰：「學詩乎？」對曰：「未也。」「不學詩，無以言。」鯉退而學詩。

孔子獨自站在庭院裡，他的兒子孔鯉經過，孔子叫住他。

「學詩了沒？」

「還沒。」

「不學詩，話講不好啊～」

孔鯉退下後，便開始學詩了。

這裡的「詩」，一般都解為《詩經》，當時的一部詩作大全，上自廟堂貴族吟詠，下自田野老百姓的情歌都被收入在內。問題是，為何不讀通《詩經》就講不好話呢？孔子也有解釋：

詩可以興，可以觀，可以群，可以怨；邇之事父，遠之事君；多識於鳥獸草木之名。

詩這種東西，可以激發人的志趣，可以觀察自然人文，可以用來與人和諧相處，還可偷偷罵人。近一點的像服事父親，遠了的如服務國君，都有需要。最差最差也可讓人多認識一些飛禽走獸花草樹木啊～

孔子是「素王」，儒家思想主宰中國數千年，他這樣一說，「詩教」成了知識傳遞的重要一環。中國傳統啟蒙教育裡，三百千（三字經、百家姓、千字文）之後，《千家詩》、《唐詩三百首》往往也列為讀本。至於《詩經》，早入「四書五經」之列，科舉必讀必考。即使到了清代，八股文把讀書人綁得死死的，「試帖詩」還是科目重點，作得不像樣，終不免落第厄運。

東方是這樣，在西方也同樣重視。

英文裡的「詩」，"poetry" 這個字，源自古希臘文的 "ποιέω" (poiéō)，意為「創造、製作」。希臘人泛指一切的文字藝術。晚孔子一百多年出生的希臘哲人亞里士多德曾寫了一大本有系統論述美學和藝術理論的書，就取名《詩學》。他的老師柏拉圖更提出所謂的「七藝」(Liberal arts)，認為文法、修辭、辯證、算學、幾何、天文、音樂這七種知識，是任何自由公民所需具備的基礎教育。其中「修辭」一門便包括詩的寫作，這裡的詩，當即狹義的詩歌。這一「七藝」說法，日後成了西方教育基石，輾轉演變，就是今日我們談到大學教育，總會提及的所謂「博雅教育」(liberal arts)，或稱「通識教育」、「全人教育」。

西洋文明推崇詩，尊敬詩人，大小慶典常邀詩人朗讀詩作。最有名的自屬一九六一年美國總統甘迺迪 (John F. Kennedy) 就職時，特別邀請詩人羅伯特．福洛斯特 (Robert Frost) 朗讀詩作，自此成為民主黨總統就職的一項傳統，二〇二一年拜登 (Joe Biden) 當選，猶仍賡續此一傳統。為何特邀詩人朗讀詩作？對此，甘迺迪有過一番闡釋：

當權力使人趾高氣昂，詩提醒他能力的缺陷；當權力窄化人的關懷所及，詩提醒他生命的豐富與多樣；當權力使人腐化，詩就加以淨化。因為藝術建立人類的基本真理，當用為我們判斷一切的試金石。

When power leads man to arrogance, poetry reminds him of his limitations. When power narrows the area of man's concern, poetry reminds him of the richness and diversity of his existence. When power corrupts, poetry cleanses. For art establishes the basic human truths which must serve as the touchstone of our judgement.

東西方傳統在在說明了一件事：詩是一種教養，沒有詩的人生稱不上圓滿。然而，在「菁英」頻遭質疑，「古典」漸經摒棄的資訊爆炸時代裡，儘管同溫層裡「詩的復興」（無論現代詩或古體詩）不時有人揭櫫，事實上，從詩作、詩集、詩刊、詩社的數量與質量來看，相對於昔日，「詩的衰微」似乎是不可避免的一主趨向。讀詩有益於人生，為人師長父母的，於此當無疑義。倒是「怎樣教詩？如何談詩？」是個問題。舊日「熟讀唐詩三百首，不會作詩也會吟」那種不管三七二十一，先讀（背）了再說的方式，顯然已不合時代需要。然則，你要如何讓你的孩子，尤其學齡前後兒童也願意親近詩，讀讀詩呢？

啟麟是新世紀初即熟識的老友，資深編輯人，早早就立身出版圈，從採訪到編輯，實體到數位，都有一手，當上總編輯之後，所出版書籍，往往走在時尚前端，引領一時風騷。卻沒想到近些年一古腦兒栽進古典詩詞的坑洞裡，身心浸透，自得其樂，編出了數百萬字，八大卷唐詩、唐宋詞鑑賞辭典。

也是在那段時間，他跟二歲半就會唸「花自飄零水自流」的女兒很自然地以詩詞互動，想到了隨口唸幾句，孩子有興趣多知道再說說，純然「自然農法」，陪而不教，更無所謂背誦、熟讀：

契機到了無須催促，經驗會讓孩子主動靠近詩——譬如某天去林安泰古厝遊玩，女兒看到蓮花池，想起以前聽過「接天蓮葉無窮碧，映日荷花別樣紅」（楊萬里〈曉出淨慈送林子方〉），便央著爸爸再唸一次那首「映日荷花」給她聽。

某次接受訪問時，啟麟特別提到這一點，用流行的說法，這是「佛系讀詩」，只管播種而不問收穫，會否萌芽？一切隨任時節因緣，因而有了一種自在，父親自在，女兒也自在。

鑑賞辭典的編輯時間長，延續了三年多，小女兒也成了「小學生」，陪他長大的父親格外珍惜這段「陪聊」光陰，想到了便追述寫寫，寫成「詩詞扭蛋機」專欄，「喜歡陪小學生讀詩詞，有時候亂唸，有時候認真教；就像扭蛋機，下次唸哪首詩，我自己也不知道。」他說。此處的「小學生」是通稱也是特稱，是別人家的小學生，也是自己家的小女兒。專欄連載完畢，結集整編增寫出版，改了個名字，是即《大人的詩塾》，獨樂樂不如眾樂樂，啟麟當是想把這一美好的經驗分享給天下所有期望自己小兒小女也能獲得「詩的教養」的焦慮父母們吧?!

——「不用教，只要陪；不用講，只要聊」，有心陪卻不知從何聊起？有心聊卻不知如何陪？找不到敲門磚的你，就從這本讀起吧！

惟在興趣

文／祁立峰（《讀古文撞到鄉民》作者）

我不知道是什麼因緣與啟麟大大成為臉書朋友，但現實中我們僅見過一面，緣因討論一本古典詩選集的編纂。雖然一開始我興沖沖勁搞搞，漫天雌黃打包票，但後來評估實在公私務繁忙，羞赧地婉辭此約。後來我看到《大人的詩塾》一書，這才覺得其實啟麟大自己對古典詩歌之造詣與嫻熟，根本無須我來越俎代庖。

我自己在學校教「詩選」課程，經常耳提面命提醒同學：報告時千萬不要只是上網查賞析來照著唸。坊間的賞析文、賞析書太多了，更何況「詩無達詁」，各種直觀感受都有詮釋空間。

就像明謝榛在《四溟詩話》有段名言：「詩有可解、不可解、不必解」，又像清趙翼那首有點機車的論詩詩：「隻眼須憑自主張，紛紛藝苑漫雌黃。矮人看戲何曾見？都是隨人說短長。」可解的詩其實不多，更多是不可解，不必解，如鏡花水月，羚羊掛角，空谷傳音。

但我覺得《大人的詩塾》可說是別構一體，從大人的角度對童蒙訓解，從父親的身份對孩子說詩。當然這些故實或詩本事，倒不一定有什麼新鮮或新奇的解詁，或學術性的考證翻案，但「詩藝」或所謂「詩教」（各位看到這樣的詞彙很容易就聯想起《詩經》的言志體系與抒情傳統）其實本來就是一種情感式的相感發，就在《大》書中提到的這些詩詞，以及百轉千迴、聯類蔓衍的典故、隱喻、詩話彼此相發明的寄託，我們讀到了一種詩詞本身的風雅蘊藉與意在言外。

其實古人對「詩」的重視超乎我們想像，〈詩大序〉所謂「在心為志，發言為詩」，「情動於中而形於言，言之不足，故嗟嘆之；嗟嘆之不足，故永歌之；永歌之不足，不知手之舞之、足之蹈之也」。這段著名的定義就是興發、是抒情傳統的起源。換言之詩就是「志」，此「志」可以是個人情志，是詩緣情而綺靡，但它實則寄託了社會國家民族之大義。

六朝詩經歷了某種輕豔的無意義，直到唐詩蔚為大國，誠如宋嚴羽《滄浪詩話》所說的：「盛唐諸人，惟在興趣，羚羊掛角，無跡可求。故其妙處透徹玲瓏，不可湊泊，如空中之音、相中之色、水中之月、鏡中之象，言有盡而意無窮。」

嚴羽所謂「興趣」不同於今義，興要唸一聲，即興發趣味，這是唐詩與宋詩最大的區別。確實，在教學現場、在學術場域，我教同學讀歷代詩歌，希望他們唸詩話，談詩法，論詩格，回到文學史發展的脈絡，但論詩、談詩與鑑賞詩，終究有一種「興」。興是一種轉喻，是一種無機卻又脈脈相承的影響，我讀《大人的詩塾》就經常感受到作者聯類、比興的巧思與架構。

當然，關於書裡的一些聯想，我有時也未必完全同意。譬如疊字一段，學界有引譬聯類之說，放回《詩經》與漢代大賦的巧構形似，疊字的出現與「言語侍從文學」透過口誦、朗讀表演的文學形式有著密切的關係。譬如談採蓮，書中也提到南朝梁蕭繹的〈採蓮曲〉，但這首作品來自於同題共作的賦末繫詩：

> 望江南兮清且空，對荷華兮丹復紅，臥蓮葉而覆水，亂高房而出叢，楚王暇日之歡，麗人妖豔之質，且棄垂釣之魚，未論芳萍之實，惟欲迴渡輕船，共採新蓮……歌曰：當聞

蕖可愛，採擷欲為裙，葉滑不留綖，心忙無暇薰，千春誰與樂，惟有妾隨君。（蕭綱〈採蓮賦〉）

紫莖兮文波，紅蓮兮芰荷；綠房兮翠蓋，素實兮黃螺。於時妖童媛女，蕩舟心許。鷁首徐迴，兼傳羽杯。棹將移而藻掛，船欲動而萍開。爾其纖腰束素，遷延顧步。夏始春餘，葉嫩花初。恐沾裳而淺笑，畏傾船而斂裾。……歌曰：碧玉小家女，來嫁汝南王。蓮花亂臉色，荷葉雜衣香。因持薦君子，願襲芙蓉裳。（蕭繹〈採蓮賦〉）

這兩篇作品都饒富隱喻，關於「碧玉小家女」的形象，宇文所安教授曾有過探討，認為這是一種六朝士人的想像，透過性別的擬代與階級的落差，塑造出一種江南庶民女子對於貴族的幻想。而這種越界又是單向度的，貴族可以想像庶民的日常，但反之則不被允許。田曉菲教授更進一步論述了江南士人如何透過「採蓮」表演（performance）江南，這與「望江南兮清且空」又有了密切的連結。

田曉菲說：對六朝詩人而言，江南是清新可感的，是他們真實生活的場域；但唐代詩人來說，江南的清新卻帶著幻滅的感傷。那麼我們再回來看蕭綱這篇作品的「清空」，就顯得饒富隱喻。這是對現實的體會？還是對未來的預示？我想到蕭繹另外一個著名的例子，是梁朝覆滅，蕭繹出降，而被北朝史書奚落的那一段：

> 俄而元帝（蕭繹）出降，（王）褒遂與眾俱出。見柱國于謹，謹甚禮之。褒曾作〈燕歌行〉，妙盡關塞寒苦之狀，元帝及諸文士竝和之，而競為淒切之詞。至此方驗焉。（《周書》）

過去寫的詩，成為日後的預言，這就是我們論詩最喜歡說的「詩讖」。這可能也是我們現代拜廟抽籤詩的由來吧？當然，唐令狐德棻編纂的《周書》，帶有一種北方人勝利者、征服者的嘲諷，國家滅亡了，最後只剩詩留下來，成為一個時代的見證者。

於是這回到我們前面談的，「詩」除了興發，除了感時憂國，傷春悲秋，除了政教、言志與抒情傳統之外，更重要的就是它往往被當成人生的預言。那麼在這個時代，細讀鑑賞一首古詩，就顯得意義非凡了。

很多論者都說這幾年古文普及或國學推廣的類型書很熱門，我自己也有專欄介紹古文古籍，坊間出版的書我也讀過幾本。由於古文終究還是國文科教學現場的主力，所以我讀到的不少還是課本的延伸，譬如就課文的核心古文補充，或以課本選的騷人墨客當成主角介紹。

但其實回到新課綱所謂「素養」的核心，能力應該是內建的，如果為了讀懂或能教某篇課文，將課文翻來覆去，深度賞析，其實未必有助於增加「素養」。惟有廣泛的閱讀，不受限於課本而是針對真正的經典閱讀，我們才能在閱讀的海量大數據裡，建構起真正的素養力。

因此我覺得相對其他的國學導讀、課本延伸補充的古文書，《大人的詩塾》非常符合新課綱所謂「閱讀素養」的精神。它對學齡孩童來說，它能近取譬，多解鳥獸草木之名，並聯想相關的主題與詩歌；而對於離開學校日久，卻又喜讀唐詩宋詞、熱衷於古典文學與文化的成人來說，它深入淺出卻又不減知識含金量，紮實而系統地介紹了這些唐宋詩詞，談典故，引詩話，述本事。因此我樂於推薦給各年齡的朋友們，一同領略古典詩詞的含蓄、靜態與幽微。

最近看小孩練習的生字有「雪、梨、夜」，喔喔，這題我會，唐朝岑參的〈白雪歌送武判官歸京〉就同時用到這三個字：「北風捲地白草折，胡天八月即飛雪。忽如一夜春風來，千樹萬樹梨花開。」描述一場大雪之後，樹枝全部覆滿白雪，乍看之下，彷彿是滿樹的白色梨花。但是這首詩除了開頭這四句很有點聯想的樂趣之外，也沒什麼必要教小孩念，那就算了，不念這首。

我每天讀古詩詞，每天陪小學生聊聊天，因此也每天上演這種內心戲：這首詩很有趣，跟妳最近遇到的事情有關，我們一起念念。這些詩都是病酒、苦戀、仕途失意、嘆老傷春又悲秋、雁過也悽悽慘慘戚戚，妳還是不要念好了。

仔細想來，大部分的古詩詞都不適合小學生念啊！為什麼呢？先回到古代文人的情境，想一下他們為什麼要寫作呢？以及，為什麼他們的作品中那麼多的愁苦呢？

西晉陸機著名的〈文賦〉中，這一段或許很切合古人的寫作心情：

佇中區以玄覽，頤情志於典墳。遵四時以嘆逝，瞻萬物而思紛。悲落葉於勁秋，喜柔條於芳春，心懍懍以懷霜，志眇眇而臨雲。

大意是文人佇立於人世之間，從自己的心出發來博覽世間萬物；將自己的情感志趣，寄託於古代的三墳五典。季節的變化，觸發他們悲嘆光陰流逝；眼中的萬物，都能令他們思緒紛紛。例如深秋時，他們因草木落葉而悲傷；芳春時，則因楊柳新生的柔條而喜悅。他們心中永遠戒慎恐懼如懷霜雪，而志向卻高遠如上白雲。

看了之後心情很沉重吧？他們很難從生活中獲得樂趣啊！陸機還只是說深秋會悲傷，至少春天能喜悅。但後來的文人愈演愈烈，證明了前一句所說：四時季節不管如何變化，他們都有本事「嘆逝」。如杜甫在春天時見到「一片花飛[1]」就傷心地認為減卻春色了。李商隱甚至以此推崇杜牧：「刻意傷春復傷別，人間惟有杜司勳。[2]」文人真的有病吧，不只是傷春，更要刻意、竭盡心力地傷春。

當然也是有一些快樂的詩詞，但我們從小就能琅琅上口的詩，幾乎都是愁苦的詩。

例如「舉頭望明月，低頭思故鄉[3]」、「感時花濺淚，恨別鳥驚心[4]」。歐陽脩對此就提出了解釋：「蓋愈窮則愈工。然則非詩之能窮人，殆窮者而後工也。[5]」不是寫詩、讀詩會讓人窮困潦倒，而是因為愈是窮困潦倒時，會花愈多心力寫詩，也更能體會人生的難處，因此能寫出更好的詩。

這麼說滿有道理的，開心時就去飲酒作樂，職場順利就更應該勤勉公事，誰還寫詩呢？只有身處「人生在世不稱意，明朝散髮弄扁舟[6]」的灰心時刻，「有恨無人省，揀盡寒枝不肯棲，寂寞沙洲冷[7]」的孤單淒清，才會寫詩詞吧！難怪詩詞中滿是羈臣怨婦的牢騷滿腹。

所以，不要在書店看見「讓小孩愛上古詩詞」之類的書名，就興沖沖買回家。相信我，雖然這類書中收錄的都是經典詩詞，但是只要認真閱讀之後，就會發現：這些詩詞真是兒童不宜啊！

詩詞中愁悶苦澀的心情，我們長大了才懂。而且，我希望小孩一輩子都不懂。「人生識字憂患始，姓名粗記可以休[8]」，蘇軾這話說得有點誇張，我覺得這樣說比較合理：「當你認識了憂患，你就無法免於憂患了。」對小孩而言，我只希望這一天愈晚到來愈好。

因此，我陪小孩讀古詩詞，時常是「心懍懍以懷霜」。例如吧，不小心教了「天涯何處無芳草」、「多情卻被無情惱」，她卻喜歡後面那句，為父真是懊惱。

話雖如此，陪小孩讀詩詞時都是開心的。不是都說「詩緣情而綺靡[9]」、「詩賦欲麗[10]」嗎？看看這些美麗綺靡的文字，聽聽小孩純真無瑕的反應，怎麼可能不開心！那些長大才懂的心情，留給大人就好。

所以，讀不讀詩詞其實也無所謂的，我只是很高興我們找到了一種愉快的相處方式。

如果哪天她讀詩詞讀膩了，或許我們一起讀讀佛經也很好，例如這樣：

當了把拔就大智慧了，就懂了其他事情都不重要。

（行深般若波羅蜜多時，照見五蘊皆空。）

沒時間逛街因此襯衫不重要了，沒體力運動因此身材不重要了。

（色不異空，空不異色；色即是空，空即是色。）

然後知道，從前認為重要的事，多只是自尋煩惱。
（是諸法空相，不生不滅，不垢不淨，不增不減。）
我放空著而妳豐富著，我放慢了而妳忽然就女孩了。
（無苦集滅道，無智亦無得。）
我假日陪妳散步，只為了和妳多點時間相處。
（以無所得故，菩提薩埵。）
菩提薩埵，菩提，覺；薩埵，有情。當我們覺有情，就菩薩了。
妳拈花了，而我微笑了，修著女兒禪，
天意憐幽草，人間重晚晴，
看著妳，如觀自在菩薩，度一切苦厄。

註

1 唐・杜甫〈曲江二首〉其一。

2 唐・李商隱〈杜司勛〉。

3 唐・李白〈靜夜思〉。

4 唐・杜甫〈春望〉。

5 宋・歐陽脩〈梅聖俞詩集序〉。

6 唐・李白〈宣州謝脁樓餞別校書叔雲〉。

7 宋・蘇軾〈卜算子〉（黃州定慧院寓居作）。

8 宋・蘇軾〈石蒼舒醉墨堂〉。

9 西晉・陸機〈文賦〉。

10 魏・曹丕〈典論・論文〉。

一 妳的名字：

天意憐幽草，人間重晚晴

看著現在的小學生和每年的新生兒名字排行榜，取名真是與我輩大不相同，已經少見家豪、志明、建宏、俊傑，或是雅婷、淑芬、美惠、麗華了，果然一代人有一代人的名字。不過還是有明顯男女差異，男生的名字以帝王將相為上，女生則是春暖花開為先。大家的名字念著念著，一首首詩詞就浮現了。

先說男生，這幾年很多「睿」字輩和「宸」字輩。

「睿」本指明智、睿智，全天下誰最聰明？當然是帝王，所以也用來頌揚皇上英明睿智，「睿藻」則是形容帝王的筆墨（文藻），例如宋．晏殊〈奉和聖製元日〉「朝暇肅誠頒睿藻，搢紳交抃捧堯章」，上面頒下聖旨，下面大家捧讀。晏殊這麼寫只算誦聖，還不算誇張。

「宸」本為屋簷、屋宇，全天下誰的房子最豪華？當然還是帝王，所以也指帝王或皇宮，「宸翰」是指帝王的文辭（翰墨），例如唐．沈佺期〈立春日內出綵花應制〉「花迎宸翰發，葉待御筵披」，立春日，花開，是因為皇帝下旨要花開；葉放，是因為皇帝要辦御筵才吐葉。這就奉承得有點過分了。

「睿」、「宸」加上「恩」（誰能比得上天恩浩蕩），組合出來的名字非常器宇軒昂、富麗堂皇，喔，加上「宇」也很好：睿恩、宸睿、宸恩、宇恩、睿宇，個個都人中之龍。

雖然這些字在詩詞中，常出現在「應制詩」，也就是皇帝一時興起，要臣子們寫的詩，因此歌功頌德居多。不過會寫應制詩，也代表此時在皇帝身邊，有機會一展生平抱負，像潦倒江湖的杜甫，就沒什麼機會寫應制詩。此類詩也有好作品，例如王維這首（其中用了「宸」）：

奉和聖製從蓬萊向興慶閣道中留春，雨中春望之作應制　唐．王維

渭水自縈秦塞曲，黃山舊遶漢宮斜。
鑾輿迥出千門柳，閣道迴看上苑花。
雲裡帝城雙鳳闕，雨中春樹萬人家。
為乘陽氣行時令，不是宸遊重物華。

頸聯「雲裡帝城雙鳳闕，雨中春樹萬人家」描寫京城景色極有雲霧朦朧之美，是此詩的名句。末聯說皇上此次出遊（宸遊）是順應天地時令，而不是貪戀春天景象。這就比前面沈佺期的格調高多了。

●●●

女孩兒的名字就比較多采多姿了，先看近幾年很多人喜愛的「晴」。這個字很妙，「晴」不是獨立存在的，必然有其他相對的概念，如雨、雪、雲，雨霽天晴最是開心。不過會取名「子晴」、「詠晴」、「語晴」，父母應該是希望小孩一生晴朗、心中明淨，那就適合讀這首：

新晴野望　唐．王維

新晴原野曠，極目無氛垢。郭門臨渡頭，村樹連谿口。白水明田外，碧峰出山後。農月無閒人，傾家事南畝。

雨後「新晴」，心情愉快，極目曠野，毫無一點塵垢（PM2.5=0）。閒望近處的渡頭溪口，遠處的白水碧峰（再次印證王維「詩中有畫」），真是一年好時節，農民也趁此時全家殷勤耕種。

王維這首詩寫出了春天的生意盎然。看著小小朋友在戶外跑跳，我很常想到「新晴原野曠，極目無氛垢」這兩句，清新純淨。

下面劉禹錫這首晴空秋詞，則是秋高氣爽，頗有李白「我覺秋興逸，誰云秋興悲？山將落日去，水與晴空宜[1]」的味道：

秋詞二首（其一）　唐・劉禹錫

自古逢秋悲寂寥，我言秋日勝春朝。
晴空一鶴排雲上，便引詩情到碧霄。

這首詩好讀易懂，只是「晴空一鶴排雲上」的形象太鮮明，我每次在機場看到日本航空JAL，尾翼上的紅色logo，都會忍不住念一次。

再看看劉禹錫這首有民歌風味的〈竹枝詞〉，以晴、情諧音寫來，在江上唱歌的情郎，到底是有情、友情還是無情呢？希望女孩兒不要有這個煩惱，留給別人去猜比較好：

竹枝詞二首（其一）　唐．劉禹錫

楊柳青青江水平，聞郎江上唱歌聲。
東邊日出西邊雨，道是無晴還有晴。

另外，「彤」也是近幾年取名的愛用字，「語彤」、「羽彤」或「禹彤」都是好名字。「彤」為彩飾用的紅色形容詞，「彤庭」指皇宮的中庭，所以這也是一個貴氣的字。「彤霞」為紅色彩霞，更用以指仙女居住的地方，如唐．齊己〈升天行〉「瑤闕參差阿母家，樓臺戲閉凝彤霞。三五仙子乘龍車，堂前碾爛蟠桃花」，那就是瑤池金母的仙宮了。

我們還是先回到人間，來點生活情趣，看看李清照：

減字木蘭花　宋．李清照

賣花擔上，買得一枝春欲放。淚染輕勻，猶帶彤霞曉露痕。

怕郎猜道，奴面不如花面好。雲鬢斜簪，徒要教郎比並看。

女主角聽見屋外有人挑著擔子賣花，便去買了一枝回來，滿室生春。看那如紅霞絢麗的花呀，上面還帶著晨露，彷彿流著眼淚惹人憐愛。情郎會不會認為花比自己還美呢？不管，就是要插在頭髮上，讓情郎比比看，花美還是人美。

到底是什麼花這麼美呢？李清照這首詞應該受唐末無名氏的〈菩薩蠻〉影響：「牡丹含露真珠顆，美人折向庭前過。含笑問檀郎：花強妾貌強？」那就是紅牡丹了。

不過李清照比較喜歡梅花，她的一首〈菩薩蠻〉也寫「睡起覺微寒，梅花鬢上殘」，鬢邊斜簪紅梅比簪一朵大紅牡丹合理一點。

唉唉，突然發現，男女生的名字放在一起看，小男生的帝王天意，和小女生的晴空彤雲，不就是李商隱的「天意憐幽草，人間重晚晴[2]」嗎？小朋友的名字念著念著，幾乎可以想像父母取名時的愛憐、擔憂、喜悅和深情。李商隱總是令人眼眶潮濕。

我家夫人說得更好：「妳的名字，是父母給妳的第一個禮物。」希望妳會喜歡。

#同場加映

百搭

每個時代都有自己的菜市場名，除了算命師的建議之外，應該是認為這些字最百搭，很容易取出好聽的名字吧。

這有點像我喜歡玩的「集句百搭」，有些詩句就是特別菜市場，跟別的詩句很容易重新搭配，而且可以搭出不同於原詩的趣味。我去接小孩放學的路上，常常自己喃喃自語地玩起來。用來搭配的句子，可以當上聯，也可以放下聯。例如這兩次百搭遊戲，念起來很有趣喔：

【打起黃鶯兒】3

打起黃鶯兒，莫教枝上啼。
打起黃鶯兒，是妾斷腸時。
打起黃鶯兒，白鷺驚復下。

打起黃鶯兒，把酒話桑麻。
打起黃鶯兒，問言與誰餐？
打起黃鶯兒，努力加餐飯。
打起黃鶯兒，寂寞身後事。
打起黃鶯兒，竟無語凝噎。
打起黃鶯兒，花落知多少。
打起黃鶯兒，往事知多少。
打起黃鶯兒，歌曲上雲霄。
打起黃鶯兒，音響一何悲。
打起黃鶯兒，王孫歸不歸？
打起黃鶯兒，報得三春暉。
打起黃鶯兒，也擬泛輕舟。
打起黃鶯兒，與盡晚回舟。

打起黃鶯兒，鳥鳴山更幽。

打起黃鶯兒，人比黃花瘦。

打起黃鶯兒，花落鶯無語。

打起黃鶯兒，能飲一杯無？

【柳暗花明又一村】[4]

山重水複疑無路，柳暗花明又一村。

三十功名塵與土，柳暗花明又一村。

出師未捷身先死，柳暗花明又一村。

一去紫臺連朔漠，柳暗花明又一村。

古來聖賢皆寂寞，柳暗花明又一村。

酒債尋常行處有，柳暗花明又一村。

莫聽穿林打葉聲，柳暗花明又一村。

細雨夢回雞塞遠，柳暗花明又一村。
夢入江南煙水路，柳暗花明又一村。
遙知兄弟登高處，柳暗花明又一村。
雲破月來花弄影，柳暗花明又一村。
欲知前面花多少，柳暗花明又一村。
流水落花春去也，柳暗花明又一村。
一騎紅塵妃子笑，柳暗花明又一村。
馬嵬坡下泥土中，柳暗花明又一村。
多情自古傷離別，柳暗花明又一村。
蓬山此去無多路，柳暗花明又一村。
欸乃一聲山水綠，柳暗花明又一村。

註

1 唐・李白〈秋日魯郡堯祠亭上宴別杜補闕范侍御〉。

2 唐・李商隱〈晚晴〉。

3 上聯用了唐・金昌緒〈春怨〉，其後依序是唐・李白〈春思〉、唐・王維〈欒家瀨〉、唐・孟浩然〈過故人莊〉、李白〈古朗月行〉、漢・佚名〈古詩十九首〉(其一)、唐・杜甫〈夢李白二首〉(其二)、宋・柳永〈雨霖鈴〉、孟浩然〈春曉〉、南唐・李煜〈虞美人〉、李白〈寄王漢陽〉、漢・佚名〈古詩十九首〉(其五)、王維〈山中送別〉、唐・孟郊〈遊子吟〉、宋・李清照〈武陵春〉、李清照〈如夢令〉、南朝齊梁・王籍〈入若邪溪〉、李清照〈醉花陰〉、金・元好問〈點絳唇〉、唐・白居易〈問劉十九〉。

4 下聯用了宋・陸游〈遊山西村〉，其後依序是宋・岳飛〈滿江紅〉、唐・杜甫〈蜀相〉、杜甫〈詠懷古跡五首〉(其三)、唐・李白〈將進酒〉、杜甫〈曲江二首〉(其二)、宋・蘇軾〈定風波〉(三月七日沙湖道中遇雨)、南唐・李璟〈山花子〉、宋・晏幾道〈蝶戀花〉、唐・王維〈九月九日憶山東兄弟〉、宋・張先〈天仙子〉、唐・韓愈〈遊太平公主山莊〉、南唐・李煜〈浪淘沙令〉、唐・杜牧〈過華清宮絕句三首〉(其一)、唐・白居易〈長恨歌〉、宋・柳永〈雨霖鈴〉、唐・李商隱〈無題〉(相見時難別亦難)、唐・柳宗元〈漁翁〉。

二 聞採蓮歌：

蓮花其實很危險

見到小學生的作業簿生字有「看、聽、聞、歌」，太好了，這些字相關的古詩詞好多！

但是仔細一想，適合小學生念的卻不多，因為古代聽歌時哪能不飲酒？例如李白「聽歌舞銀燭，把酒輕羅裳[1]」，或劉禹錫「今日聽君歌一曲，暫憑杯酒長精神[2]」。喔，還有更多時候，歌、舞、酒是不分家的，例如晏幾道的名句「彩袖殷勤捧玉鍾，當年拚卻醉顏紅。舞低楊柳樓心月，歌盡桃花扇底風[3]」。

所以要清新一點的詩，只能往戶外去找，然後馬上在蓮花池畔找到王昌齡這首很有趣的詩，帶小學生一起念一次：

採蓮曲二首（其二）　唐・王昌齡

荷葉羅裙一色裁，芙蓉向臉兩邊開。
亂入池中看不見，聞歌始覺有人來。

我：「妳知道有人會划船去採蓮花嗎？」

小：「知道啊，不然怎麼會有蓮藕、蓮子可以吃？」

我：「對，以前去採蓮的都是女生，她們穿的綠羅裙，跟荷葉就像用同一個顏色裁成的。裁就是裁縫，做衣服的意思，像妳之前看的《爺爺一定有辦法》，裡面的爺爺是不是一直在裁各種布？」

小：「對。」

我：「芙蓉就是荷花、蓮花。這時從岸邊看過去，不只池塘裡開了芙蓉，船上也開了一朵芙蓉。」

小：「蛤？為什麼？」

我：「因為這個女生笑起來很可愛，看起來就像一朵花（雙手擺臉頰），池裡也開、船上也開，所以說是兩邊開。還有一句話是『芙蓉如面柳如眉』，說一個女生很漂亮，臉像一朵蓮花，眉毛像兩片柳葉。」

小：「哈哈哈哈哈，好好笑。」

我：「後來船亂入、就是混入池中深處，就看不見了。」

小：「為什麼？」

我：「因為荷葉長得比船還高，而且裙子跟荷葉顏色一樣，臉跟花一樣，所以就分不出來了。」

小：「……我一定分得出來啊！」

我：「這個詩人比較笨，所以他後來聞歌、就是聽到採蓮的人唱歌，才知道她又回來了。」

小：「歌為什麼是用聞的？」

我：「『聞』這個字的裡面是耳朵，一開始是聽的意思，後來鼻子聞才用同一個字。」

小：「蛤?為什麼？」

我：「他可能去看耳鼻喉科，發現耳朵和鼻子裡面是連在一起的。」

小：「蛤?」

這種採蓮的詩在青春期之前還可以念念，一認真追究下去，就發現古人寫到採蓮花，多半沒好事（爸爸視角）。依照古人熱愛諧音的性格，「蓮」諧音「憐」，王昌齡眼中人、蓮不分，名副其實是我見猶憐。小時候大家都念過古樂府詩「江南可採蓮，蓮葉何田田。魚戲蓮葉間，魚戲蓮葉東，魚戲蓮葉西，魚戲蓮葉南，魚戲蓮葉北。」以前只覺得這是童詩、童謠，後來才知道，這是描寫魚水之歡啊，難怪魚這麼開心。

另外，如〈古詩十九首〉就有「涉江採芙蓉，蘭澤多芳草。採之欲遺誰，所思在遠道。」妳採了蓮花，想要送給誰呢？唉，思念的人在遠方。

王昌齡〈採蓮曲〉的前二句，則是從蕭繹這首詩的三、四句學來的[4]：

採蓮歌　梁元帝・蕭繹

碧玉小家女，來嫁汝南王。

蓮花亂臉色，荷葉雜衣香。
因持薦君子，願襲芙蓉裳。

這個小家碧玉的碧玉，是汝南王的愛妾，另外還有「碧玉小家女，不敢攀貴德」、「碧玉破瓜時，相為情顛倒」等多首歌都是為她寫的。總之，古詩詞中提到小家碧玉、蓮花池，就是思春想嫁人了。

蓮花池與思春的關係，李商隱這首寫得更明顯，而且也玩了諧音哏：

無題四首（其二）　唐．李商隱

颯颯東風細雨來，芙蓉塘外有輕雷。金蟾齧鎖燒香入，玉虎牽絲汲井回。
賈氏窺簾韓掾少，宓妃留枕魏王才。春心莫共花爭發，一寸相思一寸灰！

這首詩用了很多愛情的典故，先解釋一下。「輕雷」用漢司馬相如〈長門賦〉：

「雷殷殷而響起兮，聲象君之車音。」遠方雷聲，就像你的馬車的車輪聲，以現在來說就是引擎聲了。

「賈氏窺簾」，晉朝韓壽是賈充的屬下，長得「美姿容」，賈的女兒賈午常在簾後偷窺他，後來兩人暗通款曲。這事會曝光，是因為賈充聞到韓壽身上有一種特殊香味，這是皇上特別賜給幾個大臣的異香，所以一定是女兒給他的。女兒與屬下幽會這種事見不得人，就乾脆讓他們結婚了。

「宓妃留枕」，當年曹植深愛甄宓，但宓嫁給了他的哥哥曹丕。宓死後要曹丕將自己出嫁時帶來的玉帶金縷枕送給曹植（這樣真的可以嗎？）她也知道曹植對她的一往情深。

這樣就可以讀這首詩了：春風颯颯地吹，吹來了細細的雨，蓮花池那邊傳出輕輕的雷聲，讓我想起你。金蟾形狀的香爐正焚燒著香，有人從玉虎轆轤的石井打水回來了。我的心情，就像當年賈女在簾子後面偷窺那位韓姓少年郎，我們最終也能廝守嗎？或是，我只能如甄宓一樣，在死後將枕頭送給你？我的春心啊，請不要爭著與花朵一起開放，因為一寸相思，只會像金爐裡的香，燒成一寸灰。

李商隱的詩真是要細細讀，這裡會提到韓壽偷「香」，是由「燒香」引起的聯想。牽絲（諧音「思」），則聯想到宓妃不斷的情思。「香」「絲」合起來（不是鱈魚）又是「相思」。

你看看，蓮花池是不是很危險？危險到一寸相思一寸灰了。小孩子不要學。題外話，說起危險程度，「韓壽偷香」是第一名。簡言之，後來韓壽與賈午生子韓謐，但因賈充之子夭折，便過繼賈家為賈謐，並繼承賈充的爵位。後來賈謐與阿姨賈南風（晉惠帝的皇后、賈午的姊姊）共同謀害愍懷太子，因此引起「八王之亂」，進而導致西晉亡國。追根究柢，如果當年韓壽沒有與賈午偷情……

最後還是要說，危險的豈止是蓮花？當男男女女起了相思之情，一年四季都可以觸景生情，例如清陳祚明《采菽堂古詩選》譽為「言情之絕唱」的〈西洲曲〉，從春天「折梅」、夏天「採蓮」一直到深秋「飛鴻」，都可以相思啊，「海水夢悠悠，君愁我亦愁」，其中採蓮子一段，我也越念越愁：

西洲曲　南朝樂府

憶梅下西洲，折梅寄江北。單衫杏子紅，雙鬢鴉雛色。
西洲在何處，兩槳橋頭渡。日暮伯勞飛，風吹烏桕樹。
樹下即門前，門中露翠鈿。開門郎不至，出門採紅蓮。
採蓮南塘秋，蓮花過人頭。低頭弄蓮子，蓮子清如水。
置蓮懷袖中，蓮心徹底紅。憶郎郎不至，仰首望飛鴻。
鴻飛滿西洲，望郎上青樓。樓高望不見，盡日欄杆頭。
欄杆十二曲，垂手明如玉。卷簾天自高，海水搖空綠。
海水夢悠悠，君愁我亦愁。南風知我意，吹夢到西洲。

同場加映

枯荷

有盛開的蓮花，自然就會有枯荷。

南朝齊的詩人謝朓[5]就已經注意到枯荷獨特的美感，例如他於〈治宅〉描述自己住宅望出去的秋天窗景為「風碎池中荷，霜翦江南菉」。冬天讀書閒暇，他也為這種景色陶醉，〈冬日晚郡事隙〉：「案牘時閒暇，偶來觀卉木。颯颯滿池荷，翛翛蔭窗竹。」颯颯是風聲，翛翛（音同蕭，ㄒㄧㄠ）是雨聲，風雨中的枯荷、綠竹，別有情趣。

後來的詩作中，最著名的應該是李商隱這首，看來他真的很喜歡蓮花：

宿駱氏亭寄懷崔雍、崔袞　唐．李商隱

竹塢無塵水檻清，相思迢遞隔重城。
秋陰不散霜飛晚，留得枯荷聽雨聲。

他寄宿於駱氏庭園，這裡環境清幽，船塢旁有雅致的竹林；倚靠著欄杆，可以欣賞清澈的溪水，此時突然想起相隔重重高城的駱氏兄弟，想來他們應該也思念旅居在外的自己吧？在這個連日陰天的深秋，秋霜似乎比往年來得更晚？因此荷葉尚未落盡，仍然留了幾片枯荷，或許晚一點會下雨，這幾片枯荷正好可以讓他聽雨聲。

為什麼要寫到聽雨聲呢？這是比較含蓄的寫法，意思是自己應該會徹夜不眠，只有雨聲相伴。宋朝詩僧惠洪〈青玉案〉，同樣描寫旅宿在外的懷人之情，情景相似，但寫得更明白：「解鞍旅舍天將暮，暗憶叮嚀千萬句。一寸柔腸情幾許？薄衾孤枕，夢回人靜，徹曉瀟瀟雨。」

李商隱還有另一聽夜雨的名句：「何當共剪西窗燭，卻話巴山夜雨時。[6]」看來李商隱是朵雨夜花，夜晚的雨聲，最能傳達他的哀豔。後來的其他文人聽夜雨時，多是聽梧桐夜雨，我總覺得情韻少了一點細緻，雖然也是有名句囉，例如溫庭筠〈更漏子〉：「梧桐樹，三更雨，不道離情正苦。一葉葉，一聲聲，空階滴到明。」晏殊〈撼庭秋〉：「碧紗秋月，梧桐夜雨，幾回無寐。」跟荷花相比，總是粗枝大葉的。

這裡的「枯荷」是指荷葉，因此才可以「聽雨聲」，至於凋零的荷花，那就更令人感傷了，李商隱就曾感嘆：「浮世本來多聚散，紅蕖何事亦披離？[7]」南唐中主李璟的這首詞，則借閨婦口吻，同時寫到菡萏（音同漢淡，ㄏㄢˋ ㄉㄢˋ，荷花的別名）香銷以及荷葉枯殘：

山花子　南唐．李璟

菡萏香銷翠葉殘，西風愁起綠波間。還與韶光共憔悴，不堪看。
細雨夢回雞塞遠，小樓吹徹玉笙寒。多少淚珠何限恨，倚欄杆。

芬芳的荷花已經凋謝，只有翠綠的荷葉殘留。西風在綠水清波上吹拂，彷彿也吹起來一片愁情。面對曾經美好的景色，她也一同憔悴了，不忍心再看著荷花池。午夜夢醒，依稀記得夢見了遠在邊塞的丈夫，此時只見窗外綿綿細雨。她起床獨上小樓，整夜在寒風中吹著玉笙。不管滴下多少淚珠，也滴不盡無限的憾恨。倚著欄杆，卻又哪裡有美好景物可以眺望呢？

喜愛李璟這首詞的人相當多，例如馮延巳拍馬屁[8]說「小樓吹徹玉笙寒」比自己的「風乍起，吹皺一池春水」更好。據說宋王安石認為[9]細雨小樓二句，勝過李後主的「一江春水向東流」。清陳廷焯則認為[10]「還與韶光共憔悴，不堪看」沉鬱之至，讀來「淒然欲絕」，哀婉之處，連擅長怨詞的李後主都比不上。

近人王國維則認為[11]上面這些人都沒讀懂李璟，最好的是「菡萏香銷翠葉殘，西風愁起綠波間」這二句，其中大有屈原「眾芳蕪穢，美人遲暮」之感。

無論如何，跟盛開的蓮花相比，枯荷似乎正經多了，但能欣賞的人，也變少了。

註

1 唐·李白〈夜別張五〉。

2 唐·劉禹錫〈酬樂天揚州初逢席上見贈〉。

3 宋·晏幾道〈少年遊〉。

4 可以同時參考更早的梁簡文帝蕭綱〈江南弄三首〉其三：「桂楫蘭橈浮碧水，江花玉面兩相似。蓮疏藕折香風起。香風起，白日低。採蓮曲，使君迷。」蕭詩的結尾寫得比王昌齡更直接，既然「江花玉面兩相似」，則使君著迷的，當然也就不是採蓮曲了。

5 謝朓（四六四年～四九九年），字玄暉，人稱「小謝」，他是李白最為推崇的南朝詩人，曾多次寫詩表達景仰之意，如〈宣州謝朓樓餞別校書叔雲〉：「蓬萊文章建安骨，中間小謝又清發。」或是〈秋登宣城謝朓北樓〉：「誰念北樓上，臨風懷謝公。」

6 唐·李商隱〈夜雨寄北〉。

7 唐·李商隱〈七月二十九日崇讓宅讌作〉。

8 宋·陸游《南唐書》認為李璟和馮延巳這對君臣一點亡國感都沒有，竟然還有心情談笑：「元宗（李璟）嘗因曲宴內殿，從容謂曰：『吹皺一池春水。何干卿事？』延巳對曰：『安得如陛下小樓吹徹玉笙寒之句。』時喪敗不支，國幾忘，稽首稱臣於敵，奉其正朔，以苟歲月，而君臣相謔乃如此。」

9 宋・胡仔《苕溪漁隱叢話》前集卷五十九引《雪浪齋日記》云：「荊公問山谷云：『作小詞曾看李後主詞否？』云：『曾看。』荊公云：『何處最好？』山谷以『一江春水向東流』為對。荊公云：『未若細雨夢回雞塞遠，小樓吹徹玉笙寒，又細雨濕流光最好。』」按：此處有誤，一般認為「細雨夢回雞塞遠」一聯作者為李璟，而「細雨濕流光」出自馮延巳〈南鄉子〉。

10 清・陳廷焯《白雨齋詞話》：「南唐中宗〈山花子〉云：『還與韶光共憔悴，不堪看。』沉之至，鬱之至，淒然欲絕。後主雖善言情，卒不能出其右也。」《詞則輯評・大雅集》：「淒然欲絕，後主雖工於怨詞，總遜此哀婉沉至。」

11 王國維《人間詞話》：「南唐中主詞：『菡萏香銷翠葉殘，西風愁起綠波間。』大有眾芳蕪穢，美人遲暮之感。乃古今獨賞其『細雨夢回雞塞遠，小樓吹徹玉笙寒。』故知解人正不易得。」

三

牆裡秋千：多情卻被無情惱

應該每個同學都愛盪秋千吧？（我小時候是學「鞦韆」，不過古書中的確會用「秋千」，所以不是課本教錯）但是古代主要是女生才會盪秋千喔。據五代王仁裕《開元天寶遺事》，唐玄宗天寶年間，皇宮在寒食節時會架起秋千，「令宮嬪輩戲笑以為宴樂」，玄宗說這是「半仙之戲」，然後這個習慣也流傳到民間。所以在清明節、寒食節時，有女生盪秋千的習俗，這主題的詩詞相當多。既然小學生已經學會了「秋千」、「裡外」、「多少」，念蘇軾的這首詞最好了：

蝶戀花　宋．蘇軾

花褪殘紅青杏小，燕子飛時，綠水人家繞。枝上柳綿吹又少，天涯何處無芳草！

牆裡秋千牆外道，牆外行人，牆裡佳人笑。笑漸不聞聲漸悄，多情卻被無情惱。

一句一句慢慢跟小學生解釋。

「花褪殘紅青杏小，燕子飛時，綠水人家繞。」我說：「從前從前的一個春天，有一個男生出門散步，發現紅色的杏花已經凋謝，長出了綠色的杏果。然後他走到了喜歡的女生的家外面。春天是不是會有燕子？」

小：「對。」

我：「他也看到那裡有燕子，而且女生家的圍牆外圍繞著一條綠色的小河。『枝上柳綿吹又少，天涯何處無芳草！』女生家外面還有柳樹喔，記得我們也在公園撿過柳綿嗎？」

小：「記得啊。」

我：「這時柳綿已經被風吹得愈來愈少了，但是沒關係，這個季節，到處都有又綠又香的草。」

小：「真的嗎？真的到處都有嗎？」

我：「呃……他是這樣說的。『牆裡秋千牆外道，牆外行人，牆裡佳人笑。』女生家很大，圍牆裡面有一座秋千……」

小：「把拔我有看過喔，真的有人的院子這麼大！」

我：「他這個行人站在牆外的道路上，聽著牆裡佳人的笑聲。」

小：「家人？就是我們家的人？」

我：「念起來一樣，但這個佳人是說漂亮的人或喜歡的人。她一邊盪秋千，一邊笑。『笑漸不聞聲漸悄，多情卻被無情惱。』笑聲慢慢地聽不見了，只有這個男生自己在那邊煩惱。」

小：「為什麼？」

我：「因為男生喜歡她，所以男生是多情；女生不知道那個男生站在牆外，自己盪完秋千就走了，好像很無情。」

小：「哈哈哈，『無情惱』很好笑。」

我：「我們整首再念一次……妳最喜歡哪一句？」

小：「多情卻被無情惱。」

唉，她這麼說，為父也開始煩惱了。以下的故事，等長大再教她。

李清照這首詞可以用來補足牆裡的佳人為何「聲漸悄」：

點絳脣　宋．李清照
蹴罷秋千，起來慵整纖纖手。露濃花瘦，薄汗輕衣透。
見客入來，襪剗金釵溜。和羞走。倚門回首，卻把青梅嗅。

牆裡的佳人盪完秋千，流了點汗，突然發現有客人來，她因為太害羞了，連鞋都來不及穿、只穿著襪子，也不管髮釵亂了，就趕快跑進屋子。但是她很好奇客人是誰，所以靠在門邊偷看；她也不想讓別人發現她偷看，所以假裝自己在聞青梅。（這首詞有點可愛，很難想像這真是李清照寫的。）

小孩再大一點，可能對下面這首會更有感觸吧：

無題二首（其一）　唐．李商隱

八歲偷照鏡，長眉已能畫。
十歲去踏青，芙蓉作裙衩。
十二學彈箏，銀甲不曾卸。
十四藏六親，懸知猶未嫁。
十五泣春風，背面千秋下。

女孩兒十四歲就要藏在家裡，大門不出、二門不邁，六親不認。身為一個爸爸，我覺得這樣挺好的。但是十五歲就會懷春偷哭，這樣也是不行。好麻煩。

我後來又問女兒，妳覺得當多情的人比較好，還是當無情的人比較好？

「嗯……我也不知道。」相信把拔，當無情的人比較好。

那麼，牆外的行人、或是進來的客人，後來怎麼了？看看下面這首，難怪古人要把女孩兒藏好。韓偓寫了七首秋千詩，這麼愛秋千的詩人很少見：

寒食夜　唐．韓偓

惻惻輕寒翦翦風，小梅飄雪杏花紅。
夜深斜搭秋千索，樓閣朦朧煙雨中。

大意是春風仍寒，院子中有白梅飄落如雪，樹枝上有杏花正紅。夜深時，男人手搭著秋千，四周煙雨朦朧。

男人為何晚上不睡覺，跑來秋千旁邊？他當然不是想盪秋千，肯定是想著白天盪秋千的女生吧。為什麼手要搭著秋千呢？這是類似同喝一瓶水的間接接吻的痴想，南宋吳文英的〈風入松〉可以當註解：「黃蜂頻撲秋千索，有當時、纖手香凝。」想著白天時李清照詞中的「纖纖手」曾經握過這秋千，香香的，引來了他這隻狂蜂浪蝶。

痴情和痴漢只是一線之隔，女孩兒要小心啊！

同場加映

花枝

韓偓還有一首〈想得〉：「兩重門裡玉堂前，寒食花枝月午天。想得那人垂手立，嬌羞不肯上秋千。」這大概是元宵節之外，古代少數男女可以一起遊戲的場合吧。在這一天聯誼時盪秋千，真是清新愉快的活動。不過再怎麼動人的纖纖手，最好還是要勤洗手比較好。

韓偓〈想得〉中的「花枝」，當然是真正的花，花枝招展的花枝，雖然也可以借指美人，但無論如何都不是海裡的花枝。

李商隱的〈流鶯〉也寫到花枝，描述一隻漂流不定的黃鶯，無法控制自身命運，牠的鳴唱無法得到共鳴，無論是早晚風露、晴天雨天都是形單影隻，即使城中有千門萬戶，京城（鳳城）何處有牠可以棲息的花枝呢？詩人已經為春天即將結束而哀傷，真是不忍心再聽到黃鶯的叫聲。

流鶯　唐．李商隱

流鶯漂蕩復參差，度陌臨流不自持。巧囀豈能無本意，良辰未必有佳期。
風朝露夜陰晴裡，萬戶千門開閉時。曾苦傷春不忍聽，鳳城何處有花枝？

不過四月的確也是捕釣海裡花枝的季節就是了，因為這首詩的最後一句「鳳城何處有花枝」，我每次經過鳳城燒臘店時，都很想吃花枝。

四 紅白花開：感覺很「新」的詩

小學生很喜歡植物，喜歡站上椅子幫陽台的花澆水。看到自己照顧的植物開花，是最開心的事情了（也不對，如果盆栽中有蟲，她會更高興）。快春天了，最近小學課本學到「紅」、「白」、「花」、「路」這些生字，那來念念南宋楊萬里的這首詩吧，詩裡還有很多她已經認識的字：

過百家渡四絕句（其二）　宋．楊萬里
園花落盡路花開，白白紅紅各自媒。
莫問早行奇絕處，四方八面野香來。

「園花落盡路花開，白白紅紅各自媒。」我說：「從前從前的一個早上，有個人發現花園裡的花都謝了，但是沒關係，那只是自己的花園種不了太多花。他一出門，發現外面路上的花更多，而且白白紅紅，各種花都有。這些花啊，看起來都很想交朋友。妳覺得花想和誰交朋友？」

小：「和散步的人？」

我：「有可能，還有呢？」

小：「蜜蜂和蝴蝶？」

我：「我也覺得是。『莫問早行奇絕處，四方八面野香來。』不要問我今天早上散步時，哪個地方最漂亮，因為四面八方都有野花的香味傳來。妳有去過這麼好的地方嗎？」

小：「有啊，就是上次去有很多薰衣草的那裡，還看到有人要拍照時跌倒。」

我：「嗯……我不記得了。」跟小孩的記憶力相比，我覺得自己離老年痴呆不遠了。「我們整首再念一次……妳念完是什麼感覺？」

小：「覺得這個散步的人很高興。」

我：「哪一句很高興？」

小：「四面八方野香來。」

我：「我也覺得他一定很高興。還有什麼感覺？」

小：「感覺很新。」

我：「什麼很新？花很新嗎？」

小：「不知道怎麼說，反正念到最後一個字，就是覺得很新嘛！」

或許比我更了解小孩語言的人，可以懂她的意思吧。不過說起「紅紅白白花」，幾乎是楊萬里的專利，他是當年與陸游齊名的詩人，寫了很多首「紅紅白白」詩，都很白話，下面這三首就有具體說是哪種花了：芙蓉（荷花）、芍藥、梅杏。都很清「新」：

栟櫚江濱芙蓉一株發紅白二色二首（其一）　宋．楊萬里

芙蓉照水弄嬌斜，白白紅紅各一家。

近日司花出新巧，一枝能著兩般花。

他驚喜地發現，花神（司花）讓一株荷花同時開了紅白兩色。

多稼亭前兩檻芍藥紅白對開二百朵　宋．楊萬里

紅紅白白定誰先，婀婀娉娉各自妍。最是倚欄嬌分外，卻緣經雨意醒然。

晚春早夏渾無伴，暖豔晴香正可憐。好為花王作花相，不應只遣侍甘泉。

都說牡丹是「花王」，他認為婀婀娉娉、暖豔晴香的紅、白芍藥，正好可以當花中丞相。

瓶中梅杏二花　宋．楊萬里

梅花耿耿冰玉姿，杏花淡淡注燕脂。兩花相嬌不相下，各向春風同索價。

折來雙插一銅瓶，旋汲井花澆使醒。紅紅白白看不足，更遣山童燒蠟燭。

看來楊萬里也懂插花，他將冰玉姿的白梅，和注燕脂（就是胭脂）的紅杏插在銅瓶，太美麗、太滿意了，雖然夜深了仍沉醉其中，於是點了蠟燭繼續賞花。這跟蘇軾

詠〈海棠〉同樣對花一片痴心：「只恐夜深花睡去，更燒高燭照紅妝。」不過蘇軾可沒有攀折花木。

小孩認識更多字之後，可以念下面這首，這是北宋秦觀難得的白話而清新之作，「桃花紅，李花白，菜花黃」、「鶯兒啼，燕兒舞，蝶兒忙」，這首的節奏感僅是念著就很愉悅，只可惜曲調已經失傳，現代人不懂得怎麼唱了：

行香子　宋．秦觀

樹繞村莊，水滿陂塘。倚東風、豪興徜徉。小園幾許，收盡春光。有桃花紅，李花白，菜花黃。

遠遠圍牆，隱隱茅堂。颺青旗、流水橋旁。偶然乘興，步過東岡。正鶯兒啼，燕兒舞，蝶兒忙。

我看到生字「紅」、「白」、「花」時，其實立即想到的是晚唐杜牧的這首詩，不過似乎不太適合小學生：

念昔遊三首（其三）　唐．杜牧
李白題詩水西寺，古木回巖樓閣風。
半醒半醉遊三日，紅白花開山雨中。

杜牧回憶，他那一次遊山玩水時，來到了李白曾經題詩的水西寺，欣賞了寺廟周邊的古木、巨石和亭臺樓閣。這裡風景太美，又引發思古幽情，一定要飲酒助興的。這酒一喝啊，竟然就喝了三天半醒半醉，只記得朦朧醉眼，一路上看著山雨濛濛中的紅紅白白花。

或許大家（還沒生小孩）去度假時，也有過這種遊興吧？

老師與新詩

有人看了紅白花開而開開心心，也就會有人看到花開就想到花謝，開始嘆老傷悲。掃興真是詩人的絕技。

我們學生時代都讀過韓愈的〈師說〉，那時不知道他也有多愁善感的一面。其實不只這位韓老師，年輕時無法想像大部分老師敏銳纖細的一面，那不是年輕人的專利嗎？不是像林黛玉這種有中二病的十幾歲小女孩，才有資格葬花嗎？

那來看一下這首詩：

感春三首（其三）　唐．韓愈

晨遊百花林，朱朱兼白白。柳枝弱而細，懸樹垂百尺。
左右同來人，金紫貴顯劇。嬌童為我歌，哀響跨箏笛。
豔姬蹋筵舞，清眸刺劍戟。心懷平生友，莫一在燕席。

死者長渺茫，生者困乖隔。少年真可喜，老大百無益。

韓愈寫這首詩將近五十歲，說老也不老，但這一天特別感傷，與達官貴人晨遊百花林時，看到朱朱白白的花，柔柔細細的柳，雖然在宴席（燕席）上聽著嬌童唱歌、看著豔姬跳舞，仍然感到孤單，親朋好友不是生離就是死別，不禁感嘆：「少年真可喜，老大百無益。」

相較於忍不住衰頹傾向的詩，我建議年輕人多讀讀活潑健康的詩，這類詩啊，借小學生的話：很新。例如陳與義這首詠梅詩，雖然將韓詩的「朱朱白白」借去用了，但寫紅白花尚未開，花房裡已先染上黃色，多愉快：

同家弟賦蠟梅詩得四絕句（其一）　宋．陳與義

朱朱與白白，著意待春開。
那知洞房裡，已傍額黃來。

或是楊萬里這首，他說紅白花謝了也無妨啊，萬點紅花落盡，正好換來滿眼新綠呢：

又和風雨二首（其二）　宋．楊萬里

風風雨雨又春窮，白白朱朱已眼空。
拚卻老紅一萬點，換將新綠百千重。

五 有蝶飛來：

不朽的黃四娘和被笑的王安石

小學生的寒假作業只有交一篇讀書心得，但她從學校借回來的竟然不是繪本故事書，而是《台灣蝴蝶食草與蜜源植物大圖鑑》，看來她真心喜歡昆蟲。

陪她看這本書好有收穫，原來不是所有蝴蝶都喜歡花啊。斑蝶、蛺蝶科喜歡吸食花蜜，不怕曬太陽。蛇目蝶、蔭蝶科喜歡陰暗的環境，吸食樹汁、腐果和動物的「排遺」（她對這兩個字樂不可支）。

看來古人寫詩都會認真觀察，難怪杜甫說「穿花蛺蝶深深見（現），點水蜻蜓款款飛[1]」，會穿花的一定是蛺蝶，非常精準。

看完滿滿的蝴蝶、毛蟲和蟲卵，可以念詩了。

我：「我先教妳『蝴蝶』怎麼寫。」

小：「看起來好難。」

我：「很簡單。妳看，在古時候的月亮下，在全世界的木頭上，大家最想看到的蟲就是——『蝴蝶』。」

小：「真的嗎？」

我：「真的，這兩個字就是這個意思。來，我們念這首。」

江畔獨步尋花七絕句（其六）　唐．杜甫

黃四娘家花滿蹊，千朵萬朵壓枝低。
留連戲蝶時時舞，自在嬌鶯恰恰啼。

我：「很久很久以前，有一天詩人杜甫去散步，走到了黃四娘家附近。」

小：「黃四娘？好奇怪的名字。」

我：「水流過的路是『溪』，人走出來的路是『蹊』。她家附近的小路上開滿了花。開了一千朵、一萬朵，把樹枝都壓低了。」

小：「蛤？真的嗎？」

我：「騙人的，怎麼可能去數有幾朵。但是他看到蝴蝶一直在花叢中玩遊戲，捨不得走。嬌小的黃鶯在樹林間自由自在，『恰恰、恰恰』地啼叫。」

小：「蛤？黃鶯真的是這樣叫嗎？」

我：「真的。妳看蝴蝶飛時，他說『留連』，都是ㄌ的音，這叫『雙聲』，唸起來就像飛得很開心。黃鶯叫時，他說『自在』，都是ㄗ的音，也是『雙聲』，聽起來就很吵。有一個成語是『黃鶯出谷』，如果妳遇到有人一直吱吱喳喳又恰恰恰北北，就可以說他／她是『黃鶯出谷』。」希望她隔天就忘了。

話說小學生覺得名字很奇怪的黃四娘，後來倒是非常有名。蘇軾就很喜歡抄寫這首詩。他說[2]這首詩雖然不是杜甫作品中的好詩，但是可以想像杜甫「清狂野逸」的樣子。古時候有多少大臣沒有在史書中留下名字，但黃四娘卻因為這首詩而「不朽」。

在蘇軾想像中，黃四娘長什麼樣子呢？他某次[3]經過「僧舍東南野人家，雜花盛開」時，敲門想要進去賞花，主人是獨居三十年的寡婦，他不禁感嘆：「主人白髮青裙袂，子美詩中黃四娘。」

宋人似乎特別喜愛黃四娘，周紫芝讀杜甫的詩集時，就一直想到她：「十年劍外無相識，黃四娘家幾度來。[4]」王庭珪賞花時也想到她：「黃四娘家誰敢道，古來惟有少陵詩。[5]」蘇軾說黃四娘因此「不朽」，的確不誇張了。

• • •

以下講的小學生可能聽不懂，不過來看看古人為了一首寫蛺蝶的唐詩，從宋朝吵到清朝吧。

雨晴　唐．王駕

雨前初見花間蕊，雨後兼無葉裡花。
蛺蝶飛來過牆去，應疑春色在鄰家。

詩人在下雨前剛看到院子裡的花朵吐蕊，放晴後卻看不見葉裡的花朵了，想來是被雨打落了？這時看見一隻蛺蝶飛來，又飛過牆去，是不是因為這裡沒看到花呢？蛺蝶應該是懷疑這裡沒有花，春色是在鄰家吧。

宋朝的學者胡仔說，這首詩收錄在王安石編輯的《唐百家詩選》，但是他在王安石自己的書《臨川集》中看到一首類似的[6]。胡仔認為，王安石只改了七個字，就使詩更加「語工而意足」，真是了不起：

雨來未見花間蕊，雨後全無葉底花，
蜂蝶紛紛過牆去，卻疑春色在鄰家。

明朝的胡震亨卻不這麼認為，他看到的《臨川集》版本跟胡仔略有不同，王安石的前兩句是「雨前不見花間葉，雨後全無葉底花」。他認為用「不見花間葉」來形容花的茂盛，真是「蠢矣」。另外，原詩蛺蝶過牆的情節，妙在先寫「飛來」兩字，「有尋索意，為有情耳」，但王安石卻直言紛紛過牆，「不尤蠢乎？」王安石這麼一改，可說是點金成鐵了。

清朝的賀裳的看法跟胡震亨比較接近，並且進一步說，王安石的「疑」，是「因蜂蝶過牆而人疑之」；王駕的「疑」，是蝴蝶「疑而飛去，人疑其疑」。王安石的「卻疑」只有一層意思，王駕的「應疑」則有兩層意思，所以「應疑」比較好。不過他也替王安石緩頰，認為王安石雖然「好改古人詩」，但會這樣改，是因為他的個性本來就「不耐含蓄」。這麼說也有道理。

最後再看一首也很白話的詩，自己栽種的蘭花在春風吹拂下，漸漸開花了，雖然久在芝蘭之室而不聞其香，但是「推窗時有蝶飛來」，好美的畫面：

詠蘭　元．余同麓

手培蘭蕊兩三栽，日暖風和次第開。

坐久不知香在室，推窗時有蝶飛來。

#同場加映

蝴蝶

如果小孩喜歡蝴蝶，下面這幾首都很經典。前三首都是用蝴蝶來表現春光的可喜可愛，第四首鄭谷的詩「羡他蝴蝶宿深枝」則可以看見詩人對海棠的深情，只有蝴蝶可以跟喜愛春睡的海棠同寢共眠，多令人羡慕啊：

曲江二首（其二）　唐．杜甫

朝回日日典春衣，每日江頭盡醉歸。酒債尋常行處有，人生七十古來稀。

穿花蛺蝶深深見，點水蜻蜓款款飛。傳語風光共流轉，暫時相賞莫相違。

雖然現在正是春天，但杜甫每天上朝回來，就去典當春衣，一定要到曲江邊不醉不歸。已經到處欠下酒債了，但是無所謂，又有幾人能活到七十歲呢？蛺蝶在花叢深處穿梭飛舞，蜻蜓點水緩緩飛翔。請跟春天說，這麼好的風景就讓我們繼續欣賞吧，至少不要違背這個心願啊！

深院　唐．韓偓

鵝兒唼喋梔黃嘴，鳳子輕盈膩粉腰[7]。
深院下簾人晝寢，紅薔薇架碧芭蕉[8]。

小鵝如梔子花黃色的嘴巴，吃得札札作響，蝴蝶擺動著膩粉光澤的細腰，輕盈飛舞。庭院深深，如此幽靜，此時主人放下了簾子正在午憩，院子中只有紅色薔薇映襯著碧綠的芭蕉。

二月二日　唐．李商隱

二月二日江上行，東風日暖聞吹笙。花鬚柳眼各無賴，紫蝶黃蜂俱有情。
萬里憶歸元亮井[9]，三年從事亞夫營[10]。新灘莫悟遊人意，更作風簷夜雨聲。

新春時沿著江邊散步，感受著春風和煦、春日溫暖，還可以聽到其他遊客吹笙的樂曲。紅花綠柳各自生長，才無暇理會遊客；紫蝶黃蜂來回採蜜，皆對花朵有濃厚情意。雖然眼前一片生意盎然，但是自己離鄉萬里，三年都在此軍營擔任幕僚，非常想歸隱回家。春江流經新成的淺灘時，可不要體會我孤獨的心境，而發出風簷夜雨的淒涼聲響啊！

海棠　唐．鄭谷

春風用意勻顏色，銷得攜觴與賦詩。穠麗最宜新著雨，嬌嬈全在欲開時。

莫愁粉黛臨窗懶[11]，梁廣丹青點筆遲。朝醉暮吟看不足，羨他蝴蝶宿深枝。

春風很認真地為海棠染勻了色澤，這正是對著花朵攜觴飲酒與提筆賦詩的佳期。新下過一場雨，花瓣上沾著雨滴，更是艷麗非凡；海棠的妖嬈嫵媚，最是在這種將開未開的時候。對著窗外的海棠，即使是美麗的莫愁姑娘，也懶得梳妝打扮了，反正再怎麼打扮也比不上海棠花；擅長丹青繪畫的梁廣先生，也遲遲不知如何下筆是好。詩人從早上開始醉酒，到黃昏時仍在吟詩，卻還沒看夠眼前的美景，真是好生羨慕蝴蝶啊，只有蝴蝶才可以每個夜晚，留宿在海棠花叢的深處。

註

1 唐・杜甫〈曲江二首〉其二。

2 宋・蘇軾〈書子美黃四娘詩〉：「此詩雖不甚佳，可以見子美清狂野逸之態，故僕喜書之。昔齊魯有大臣，史失其名，黃四娘獨何人哉，而託此詩以不朽，可以使覽者一笑。」

3 宋・蘇軾〈正月二十六日，偶與數客野步嘉祐僧舍東南野人家，雜花盛開，扣門求觀。主人林氏媼出應，白髮青裙，少寡，獨居三十年矣。感嘆之餘，作詩記之〉：

縹蔕緗枝出絳房，綠陰青子送春忙。涓涓泣露紫含笑，焰焰燒空紅佛桑。落日孤煙知客恨，短籬破屋為誰香。主人白髮青裙袂，子美詩中黃四娘。

4 宋・周紫芝〈次韻庭藻讀少陵集〉其二。

5 宋・王庭珪〈湖頭觀桃李四絕句〉其二。

6 王安石詩見宋・胡仔《苕溪漁隱叢話》、明・胡震亨《唐音戊籤》、清・賀裳《載酒園詩話》。但現在流傳版本的《臨川集》，卻找不到這首詩了。

7 唼喋（音同霎札，ㄕㄚˋ ㄓㄚˊ），此處為鵝兒吃東西的聲音，與「輕盈」都是疊韻字。鳳子為大型蛺蝶。

8 薔薇架：薔薇柔弱，種植時須搭起木架供薔薇攀爬生長。

9 元亮井：陶淵明，字元亮，〈歸園田居五首〉其四有「井灶有遺處，桑竹殘朽株。」此處指思念家鄉。

10 亞夫營：漢朝周亞夫曾為細柳將軍，《史記》卷五十七〈絳侯周勃世家〉：「文帝之後六年，匈奴大入邊。乃以宗正劉禮為將軍，軍霸上；祝茲侯徐厲為將軍，軍棘門；以河內守亞夫為將軍，軍細柳：以備胡。」此處指自己如漢朝周亞夫一般身在軍營。

11 莫愁：代指佳人，見梁武帝．蕭衍〈河中之水歌〉：

河中之水向東流，洛陽女兒名莫愁。莫愁十三能織綺，十四採桑南陌頭。
十五嫁為盧家婦，十六生兒字阿侯。盧家蘭室桂為梁，中有鬱金蘇合香。
頭上金釵十二行，足下絲履五文章。珊瑚掛鏡爛生光，平頭奴子擎履箱。
人生富貴何所望，恨不早嫁東家王。

六 囤書積財：

他囤積了三萬枝牙籤

我問小學生，「妳知道什麼是『囤積』嗎？」

小：「知道啊，馬嘛說不能囤積酒精，要留給需要的人。」

我：「那妳知道囤積書的人，才是最厲害的人嗎？」

小：「為什麼？」

我：「妳想一下，如果妳接下來一個月不能出門，妳要先囤積什麼？」

我們開始一一列舉，首先當然是米、麵、麵粉、肉等正餐的食物，然後是零食。下一輪是洗手乳、肥皂、洗髮精等盥洗用品。再下一輪是乳液、OK 綳、透氣膠帶等保養或急救用品。再下一輪……

我：「所以妳看，如果有一個人會囤積書，代表其他需要的東西全部都有了，所以他最厲害。」

小學生突然抱著我說：「我們家那麼多書，所以把拔最厲害！」就等妳這句。雖然「書是最無用的東西」這結論讓人有點想哭。

囤書的確不是每個人都能囤的，首先要有錢才行。例如後來「投筆從戎」的班超，早年「家貧，常為官傭書以供養[1]」。傭書就是抄書，在還沒有印刷術的年代，書籍要僱人手抄，可見是富人才能藏書。三國時在吳國當到太子太傅的闞澤，也是「居貧無資，常為人傭書，以供紙筆，所寫既畢，誦讀亦遍[2]」。抄書除了能賺到紙筆和生活費，附加的好處是可以藉此多讀書。西漢大才子揚雄「博覽無所不見」，而「家產不過十金[3]」，他不只買書還閉關寫書，慘上加慘，難怪只能「寂寂寥寥揚子居，年年歲歲一床書[4]」。

看來囤書之前，要先積財，這沒人比得過「積財如山」的西晉石崇[5]。據說他好學不倦而穎悟有才氣，肯定也念了不少書。不過他喜歡炫富，即使動用國家機器都比不贏他。例如晉武帝的舅舅王愷喜歡跟他競富，拿出武帝所送二尺高的珊瑚樹，「枝柯扶疏，世所罕比」，這下穩贏了吧，誰能跟皇帝的寶物比美？哪知同樣身為陸客的石崇，對於囤積珊瑚也是略懂略懂，他拿出鐵如意一把敲碎，說：「不好意思，我再還給你一株吧。」然後從倉庫拿出三、四尺高的六、七株讓他選，氣死他。

不過石崇的財富有點來路不明，有人說他「百道營生」，很會做各種生意。也有一說是他會打劫「遠使商客」，致富不貲。另外，他也會跟美男子潘安仁一起諂媚權貴，對著權臣賈謐車尾的灰塵下拜。囂張沒落魄久，他的下場淒慘，最後不僅自己被誣殺，母、兄、妻、子皆被殺，愛妾綠珠也跳樓自殺。晚唐杜牧寫下這首詩，憑弔石崇豪奢一時的金谷園：

金谷園　唐．杜牧
繁華事散逐香塵，流水無情草自春。
日暮東風怨啼鳥，落花猶似墜樓人。

只懂炫富，不知囤書，果然是不行的（？）

到了唐朝，雕版印刷已經發展成熟，但能囤書的還是少數人，其中以李泌囤書最著名。

送諸葛覺往隨州讀書（節錄） 唐．韓愈

案：李繁時為隨州刺史，宰相泌之子也。

鄴侯家多書，插架三萬軸。

一一懸牙籤，新若手未觸。

據說李泌是神童，後來官至宰相，封鄴縣侯。他父親就已藏書二萬卷，而且不准借人，真有人要借閱他的書，也只能在他家看[6]。與李泌同時代的韓愈寫這首詩，說他在父親藏書的基礎上再接再厲，書架上已有三萬卷，每卷中都有一根牙籤。並不是李泌有邊讀書邊剔牙的習慣，「牙籤」是指用牙骨做的書籤，方便檢閱用的，蘇軾有

「鄴侯久有牙籤富[7]」、「讀遍牙籤三萬軸[8]」等詩句。這些書每本都新得像沒人觸摸過一樣，因為李泌博聞強記，過目不忘，所以看過一次就不用再讀了。

鄴侯家的書太有名，後來借指藏書豐富。例如牟融說朱慶餘（寫「妝罷低聲問夫婿：畫眉深淺入時無」的那位）散盡家財買書：「黃金都散盡，收得鄴侯書。[9]」

不過李泌雖位至高官，但也潛心道教，曾入山修行，一心希望能得道成仙，就如他少數留下來的詩〈長歌行〉寫：「不然絕粒昇天衢，不然鳴珂遊帝都。」

長歌行　唐．李泌

天覆吾，地載吾，天地生吾有意無。
不然絕粒昇天衢，不然鳴珂遊帝都。
焉能不貴復不去，空作昂藏一丈夫。
一丈夫兮一丈夫，千生氣志是良圖。
請君看取百年事，業就扁舟泛五湖。

為什麼人要生於天地之間呢？人生於世，不然就絕粒辟穀、白日飛昇成仙而去；不然就該位高權重，乘坐香車寶馬遊京城。既不顯貴又不成仙，那此生就白白浪費了。如果要求取志業功名，那就要懂得功成身退，泛舟五湖，不要留戀權位。

李泌書讀多了，即使無法成仙，至少懂得明哲保身，後來也平安退隱。比那雖然積財如山，卻只懂得炫富蓄妓的石崇聰明多了。

再後來的一代學霸宋朝朱熹〈再和〉寫「三逕猶尋陶令宅，萬籤聊借鄴侯書」，他應該知道鄴侯家的書不外借，但他也想過過安穩的日子，因此說自己閒居時想以陶淵明為鄰、以鄴侯為友。

但是糟糕，今天的故事和詩，都不適合小學生……

同場加映

白居易的薪水

古代文人當然不是仙風道骨只要餐風飲露，除了像石崇那樣財產來歷不明之外，最常見的謀生管道，就是好好當個公務員了，這方面白居易可是專家。

古代當公務員也要先參加高普考，也就是科舉考試。據說[10]白居易十六歲時到當時首都長安參加考試，拜謁了當時的名士顧況，顧況看了白居易的名字，開這位小老弟的玩笑說：「米價方貴，居亦弗易。」首都的物價可不是開玩笑的貴。不過他看到白居易「野火燒不盡，春風吹又生[11]」這首詩之後，馬上改口：「道得箇語，居即易矣。」年紀輕輕就能寫出這麼好的詩，前途不可限量。

白居易成名甚早，但一直等到二十九歲才考上進士。後來跟他成為好友的劉禹錫二十二歲就考上進士，元稹更是十五歲就明經科及第，白居易算是大器晚成，不過跟四十六歲才進士及第的孟郊相比，白居易已經是少年得志了。

通過科舉考試，從此可以正式領公務員的薪水了，看看孟郊的詩，就知道這有多值得高興：

登科後　唐．孟郊

昔日齷齪不足誇，今朝放蕩思無涯。

春風得意馬蹄疾，一日看盡長安花。

從前的卑賤窮困，一點都不值得留念，從今天開始，人生就海闊天空了！春風吹拂著志得意滿的我，馬蹄是那麼的輕快，輕快得讓我一天之內，就可以看盡長安各處的美景名花。

白居易也是開開心心擺脫學子的貧困生涯，從隔年開始授九品官之後，很用心的寫詩記錄自己公務員生涯的薪資：

校書郎（正九品）

〈常樂里閒居偶題十六韻，兼寄劉十五公輿、王十一起、呂二炅、呂四熲、崔十八玄亮、元九稹、劉三十二敦質、張十五仲元，時為校書郎〉：「茅屋四五間，一馬二僕夫。俸錢萬六千，月給亦有餘。」

盩厔縣縣尉（從九品）

〈觀刈麥〉（時為盩厔縣尉）：「今我何功德，曾不事農桑。吏祿三百石，歲晏有餘糧。念此私自愧，盡日不能忘。」

左拾遺（從八品）

〈醉後走筆，酬劉五主簿長句之贈，兼簡張大、賈二十四先輩昆季〉：「月慚諫紙二千張，歲愧俸錢三十萬。」

京兆府戶曹參軍（從七品）

〈初除戶曹喜而言志〉：「俸錢四五萬，月可奉晨昏。廩祿二百石，歲可盈倉和。喧喧車馬來，賀客滿我門。」

江州司馬（從五品）

〈答故人〉：「散員足庇身，薄俸可資家。」

杭州刺史（從三品）

〈自餘杭歸宿淮口作〉：「三年請祿俸，頗有餘衣食。」

蘇州刺史（從三品）

〈題新館〉：「十萬戶州尤覺貴，二千石祿敢言貧。」

〈答劉禹錫白太守行〉（在蘇州作）：「秩登二千石，今我方罷歸。我秩訝已多，我歸慚已遲。」

河南尹（從三品）

〈齋居〉：「香火多相對，葷腥久不嘗。黃耆數匙粥，赤箭一甌湯。厚俸將何用，閒居不可忘。明年官滿後，擬買雪堆莊。」

太子賓客（正三品）

〈再授賓客分司〉：「優穩四皓官，清崇三品列。伊予再塵忝，內愧非才哲。俸錢七八萬，給受無虛月。分命在東司，又不勞朝謁。」

〈閒適〉：「祿俸優饒官不卑，就中閒適是分司。」

〈閒吟二首〉其二：「嵩洛供雲水，朝廷乞俸錢。長歌時獨酌，飽食後安眠。」

太子少傅（正二品）

〈從同州刺史改授太子少傅分司〉：「月俸百千官二品，朝廷雇我作閒人。」

〈春日閒居三首〉其三：「問我樂如何，閒官少憂累。又問俸厚薄，百千隨月至。」

刑部尚書致仕

〈刑部尚書致仕〉：「全家遁世曾無悶，半俸資身亦有餘。」

〈狂吟七言十四韻〉：「俸隨日計錢盈貫，祿逐年支粟滿囷（尚書致仕，請半俸，百斛錢五十千，歲給祿粟二千石焉。）」

〈自詠老身示諸家屬〉：「壽及七十五，俸霑五十千。」

從中可以看到，白居易的「俸」從九品官的一萬六千元，逐漸成長到十萬元，「祿」從三百石成長到二千石。他也從戰戰兢兢的小官吏，終於說出「朝廷僱我作閒人」。七十歲左右退休後，每月還可以領半薪五萬元，每年還領糧食二千石。

關於白居易這樣寫詩誠實申報財產，後人評價不一。有人認為[12]這正可以看出他為官清廉，家無餘產。朱熹則認為[13]白居易哪是清高，看他寫薪水真是寫得口水直流，分明是愛財。

清廉應該是真的，愛財也是真的，不過我總是會想起顧況當年開的玩笑「米價方貴，居亦弗易」，這句話是不是種在少年白居易的心中了？他用了一生只是在證明，他可以可以在長安「居易」。晚年寫〈達哉樂天行〉時，他終於可以說出「但恐此錢用不盡，即先朝露歸夜泉」、「死生無可無不可，達哉達哉白樂天」，他應該感到不虛此生了吧。

註

1 《後漢書》傳。

2 《三國志》傳。

3 《漢書》傳。

4 唐·盧照鄰〈長安古意〉。

5 石崇事見《晉書》、《王隱晉書》、《世說新語》。

6 宋·王應麟《困學紀聞》：「李泌，父承休，聚書二萬餘卷。誡子孫不許出門，有求讀者，別院供饌。見《鄴侯家傳》。鄴侯家多書，有自來矣。」

7 宋·蘇軾〈贈蔡茂先〉。

8 宋·蘇軾〈送歐陽主簿赴官韋城四首〉其一。

9 唐·牟融〈題朱慶餘閒居四首〉其三。一說牟融詩為後人偽撰。

10 唐·張固《幽閒鼓吹》。

11 唐·白居易〈賦得古原草送別〉。

12 宋·洪邁《容齋五筆》：「白樂天仕宦，從壯至老，凡俸祿多寡之數，悉載於詩，雖波及他人亦然。其立身廉清，家無餘積，可以概見矣。」

13 宋·朱熹《朱子語類》：「（樂天）詩中凡及富貴處，皆說得口津津地涎出。」

七 囤樹積愁：他家種了十萬棵樹

既然說了書，那就說說書的前身：樹。如果你有一大片地，你想種什麼樹呢？

南宋范成大最愛梅花，不，他根本認為其他花不值一看。他說[1]梅花是「天下尤物」，這點不論是聰明人或是笨蛋都不敢有意見。所以學種花的人一定要先種梅花，至於其他花則是可有可無，種多種少都無所謂（完全是溺愛自己小孩的說法）。他在石湖的退休隱居處，種了數百株梅花，包含所能蒐羅到的各品種梅花，如江梅、早梅、官城梅、古梅、重葉梅、綠萼梅、蠟梅等。這還不夠，他又寫了一本《梅譜》，記錄各種梅的花、葉特色。據說[2]這是史上第一本梅花譜。

這麼多梅花可賞，當然不能獨樂樂。這年[3]大雪的寒冬中，三十幾歲的年輕才子姜夔，來到石湖別墅拜訪已六十多歲的范成大，並精心寫了兩首詠梅詞〈暗香〉、〈疏影〉，其中煞費苦心地用了許多典故來讚美梅花，包括隋朝趙師雄遇梅花女神、杜甫的〈佳人〉詩、漢朝王昭君的幽魂、南朝宋壽陽公主的梅花妝、漢武帝「金屋藏嬌」等。范成大看了之後愛不釋手，便要歌伎認真練習、吟唱。後來姜夔離開時，范成大還送他一名歌伎小紅，因此姜夔在途經垂虹橋時，開開心心寫下這首詩：

過垂虹　宋．姜夔

自作新詞韻最嬌，小紅低唱我吹簫。
曲終過盡松陵路，回首煙波十四橋。

至於范成大自己是如何看待梅花呢？雖然他愛梅成痴，梅花反而帶給他許多憂愁的聯想，愛極成愁了，例如這首詞：

霜天曉角　宋．范成大

梅

晚晴風歇，一夜春威折。脈脈花疏天淡，雲來去，數枝雪。
勝絕，愁亦絕。此情誰共說。唯有兩行低雁，知人倚、畫樓月。

傍晚，放晴了，風也停歇了，雖然仍是料峭春寒，一夜的風雪春威卻也終於折損了一些。他含情脈脈看著園中疏疏落落的梅花，天朗氣清，數朵白雲自在來去，梅樹上只看見白色樹枝，那是白雪還是白梅呢？或許像唐人戎昱〈早梅〉所說：「一樹寒梅白玉條……疑是經春雪未銷。」這樣的絕佳景色，只帶給他絕愁的心境。此時的心情又能說與誰聽呢？天晚風寒，兩行因畏寒而低飛的雁也將歸家，只有牠們知道他倚著畫樓欄杆，對著明月發愁，而牠們卻不能為他傳達心意給所思念的人。

讀這首詞時，我們雖然無法知道他心中到底為何哀愁，但總能體會良辰美景卻無人訴說的憂悶，這或許就像他〈鷓鴣天〉（休舞銀貂小契丹）所說的：「從今裊裊盈盈處，誰復端端正正看」、「碧雲日暮無書寄，寥落煙中一雁寒」。

• • •

梅花太纖細，那來看看強健的松樹吧！

宋詞豪放派中與蘇軾並稱的辛棄疾，非常欣賞松樹，他認為[4]松樹就像東晉謝家士族子弟那樣風度翩翩，也像漢朝司馬相如那般雍容閒雅。身處松林，感受松林的

「雄深雅健」，更覺得如面對寫《史記》的司馬遷。

這樣對松樹推崇備至，如果他有一大片地，想必會多種松樹。

先看看辛棄疾的地有多大。他曾說[5]人生就應該要勤勞種田，才能無所求於人，所以號「稼軒」。但是他的稼軒可不是一般的農舍，據說[6]他的田地長一千餘尺，寬八百餘尺，稻田就有十弓（射十箭）那麼寬廣，其中，除了蓋有誇張的一百間房，另外還有植杖亭、集山樓、婆娑堂、信步亭、滌硯渚等亭台樓閣。這根本不是農舍，而是一座唐頓莊園了。所以，他的歸隱生活，可不是像陶淵明那樣[7]早出晚歸「晨興理荒穢，帶月荷鋤歸」，收成卻是「草盛豆苗稀」那樣寒迫。朱熹聽說了[8]辛棄疾的豪宅非常宏偉壯麗，曾派人偷偷去看，果然是「耳目所未曾睹」。

辛棄疾的田產豐厚，卻不小氣。他的田地上果然也種了松林和竹林[9]，身在其中，只覺「萬事從今足」，他還吩咐家人，不要去驚動拿著長竿來偷棗子的小朋友，他會笑笑地在一旁靜靜看著這些小孩。所以啊，「豪放」不是扯著嗓子大聲嚷嚷，身心都有底韻才能豪放得起。

不過這座稼軒，原本是辛棄疾預計退休後才來歸隱之處，但一生都想從戎抗金的他，此時報國無門，被迫提早退休。因此，他說「萬事從今足」只是自欺欺人，下面這首詞，更能深切說出他種樹的無奈心情：

鷓鴣天　宋．辛棄疾

有客慨然談功名，因追憶念少年時事，戲作。

壯歲旌旗擁萬夫，錦襜突騎渡江初。燕兵夜娖銀胡𩨑[10]，漢箭朝飛金僕姑[11]。

追往事，嘆今吾，春風不染白髭鬚。卻將萬字平戎策[12]，換得東家種樹書。

客人慷慨激昂地談論功名事業，我因此想起少年時的往事。想當年，我在金人領地曾追隨耿京聚兵抗金，後來張安國趁我南下與大宋朝廷取得聯繫時，竟然殺了耿京投降金人。我帶著部下回到北方，在敵軍中生擒張安國，然後帶領上萬士兵，穿著錦襜（音同攙，ㄔㄢ，錦衣）千里急奔，想要渡江回歸大宋。燕兵（金兵）夜晚時謹慎提好箭袋，我們一早就向敵軍發箭突圍。追念著往事，感嘆著今日，春風就算能染綠草木萬物，也對於我的白鬍鬚無可奈何。我還是將已寫成的上萬字平金策略，拿去跟東邊的鄰人換取種樹百科書吧！

這首詞的感慨，類似北宋蘇舜欽所說[13]的「致君事業堆胸臆，卻伴溪童學釣魚」，時不我予，種樹、垂釣這種隱士的樂趣，豈是他們想追求的呢？

看來不論是梅花還是松樹，讀書人種樹，只會種來一身愁苦。

#同場加映

雄深雅健

種梅樹、松樹都令人愁悶，那種果樹總可以吧？

從前從前[14]，有個太守李衡，他要家裡省吃儉用，為將來做點打算，但是他的妻子都聽不進去。於是，他秘密遣了十個人去別的地方種了一千棵柑橘。臨終之前，他跟兒子說：「你母親不肯省吃儉用，所以我們家才這麼窮。不過我在別的地方有一千個『木奴』，只要靠他們，省著點用應該夠你吃穿了。」後來柑樹成熟了，每年都可以換到數千疋的絹布，因此家道殷足。

種果樹真是門好生意，「木奴」真是可靠，聽起來是個勵志的故事吧？但是，這個故事到了文人筆下又是另一回事了。

前文提到辛棄疾認為面對「雄深雅健」的松樹，宛如面對司馬遷（字子長）。「雄深雅健似司馬子長」這句話原本是唐朝韓愈用來形容柳宗元的[15]，因此辛棄疾此時一定也想到了流放在外的柳宗元。才高氣傲的柳宗元，被貶為柳州刺史時，也種起柑橘：

柳州城西北隅種柑樹　唐．柳宗元

手種黃柑二百株，春來新葉遍城隅。方同楚客憐皇樹[16]，不學荊州利木奴。
幾歲開花聞噴雪，何人摘實見垂珠？若教坐待成林日，滋味還堪養老夫。

我親手種植的二百棵黃柑橘，春天時，嫩綠的葉子便開滿了城中一隅。我像屈原一樣憐愛這橘樹的無私無求，並非想學荊州李衡那般，希望他們成為謀利的木奴。這些橘樹啊，哪一年能開滿雪白的花朵，讓人聞到噴灑而出的香氣呢？又是哪一年可以結實纍纍如一串串珍珠，任人採摘呢？等到橘樹成長為一片橘林時，我這個老夫肯定會喜愛其滋味吧。

乍看之下，這首詩是柳宗元滿心期待橘樹快快長大，才可以享受柑橘的美味。但這就是唐詩的微妙之處，文人有話都不明講，言外之意：「難道要我老死在這裡，不能再回到京城了嗎？」

你看看，種個柑橘，表面上種的是甘甜，心中種的卻是辛酸。

文人真是很難相處啊！

後來，柳宗元病逝於柳州，享年四十七歲。不知道他後來是否吃到了親手種的柑橘。

註

1 宋．范成大《梅譜》自序：「梅，天下尤物，無問智賢愚不肖，莫敢有異議。學圃之士必先種梅，且不厭多。他花有無，多少，皆不繫重輕。余於石湖玉雪坡既有梅數百本。比年又於舍南買王氏僦舍七十楹，盡拆除之，治為范村，以其地三分之一與梅。吳下栽梅特盛，其品不一，今始盡得之。隨所得為之譜，以遺好事者。」

2 《四庫全書總目．范村梅譜》：「六朝及唐，遞相賦詠，至宋而遂為詩家所最貴。然其裒為譜者，則自成大是編始。」

3 宋．姜夔〈暗香〉、〈疏影〉序：「辛亥之冬，予載雪詣石湖。止既月，授簡索句，且徵新聲，作此兩曲。石湖把玩不已，做工妓肄習之，音節諧婉，乃名之曰〈暗香〉、〈疏影〉。」

4 宋．辛棄疾〈沁園春〉（疊嶂西馳）：「檢校長身十萬松……似謝家子弟，衣冠磊落；相如庭戶，車騎雍容。我覺其間，雄深雅健，如對文章太史公。」

5 《宋史》本傳：「人生在勤，當以力田為先。北方之人，養生之具不求於人，是以無甚富甚貧之家。」

6 宋．洪邁〈稼軒記〉：「其縱千有二百三十尺，其橫八百有三十尺，截然砥平，可廬以居……濟南辛侯幼安最後至，一旦獨得之，既築室百楹，才佔地什四。乃荒左偏以立固，稻田泱泱，居然衍十弓。意他日釋位得歸，必躬耕於是，故憑高作屋下臨之，是為『稼軒』。田邊立亭曰『植杖』，若將真秉耒耨之為者。東岡西阜，北墅南麓，以青徑款竹扉，錦路行海棠，集山有樓，婆娑有室，信步有亭，滌硯有渚。皆約略位置，規歲月緒成之，而主人初未之識也。繪圖畀予曰：『吾甚愛吾軒，為吾記。』」

7 東晉・陶淵明〈歸園田居五首〉其三。

8 宋・陳亮的〈與辛幼安殿撰〉：「元晦（朱熹字）說潛人去看，以為耳目所未曾覩，此老言必不妄。」

9 宋・辛棄疾〈清平樂〉：

檢校山園，書所見。

連雲松竹，萬事從今足。拄杖東家分社肉，白酒床頭初熟。

西風梨棗山園，兒童偷把長竿。莫遣旁人驚去，老夫靜處閒看。

10 娖（音同綽，ㄔㄨㄛˋ），整理準備。胡簶（音同祿，ㄌㄨˋ）：也作「胡簏」、「胡祿」，箭袋。亦可指藉由箭袋監聽周圍三十里之內敵人的動靜，見唐杜佑《通典》兵五：「人枕空胡祿臥，有人馬行三十里外，東西南北，皆響見於胡祿中，名曰『地聽』，則先防備。」

11 金僕姑，箭名，見《左傳・莊公十一年》：「乘丘之役，公之金僕姑射南宮長萬，公右歂孫生搏之。」

12 辛棄疾曾上書《九議》，詳述平金策略，並願以生命擔保：「某以為他日之戰當有必勝之術，欲其勝也，必先定規模而後從事，故凡小勝不驕、小負不沮者，規模素定也。某謹條具其所以規模之說以備采擇焉。苟從其說而不勝，與不從其說而勝，其請就誅殛以謝天下之妄言者。」

13 宋．蘇舜欽〈西軒垂釣偶作〉。

14 《三國志．卷四八．吳書．三嗣主傳．孫休》裴松之注引《襄陽記》：「衡每欲治家，妻輒不聽，後密遣客十人於武陵龍陽汎洲上作宅，種柑橘千株。臨死，勑兒曰：『汝母惡我治家，故窮如是。然吾州里有千頭木奴，不責汝衣食，歲上一匹絹，亦可足用耳。』……衡柑橘成，歲得絹數千匹，家道殷足。」

15 唐．劉禹錫〈唐故尚書禮部員外郎柳君文集序〉引韓愈評柳宗元語：「哀哉，若人之不淑！吾嘗評其文，雄深雅健似司馬子長，崔、蔡不足多也。」崔指崔瑗，蔡指蔡邕，皆東漢著名文人。

16 戰國楚．屈原〈橘頌〉：「后皇嘉樹，橘徠服兮。……閉心自慎，終不失過兮。秉德無私，參天地兮。」

八 滿身花影：

妳不孤單，至少還有影子陪妳

小孩子似乎都喜歡踩影子的遊戲？夜晚跟小孩一起散步，才（時隔好多好多年）重新發現，經過一盞盞路燈時，影子瞻之在前，忽焉在後，逐漸縮短，又逐漸拉長。此時和小孩蹦蹦跳跳踩對方影子，其樂無窮啊！

小：「為什麼都踩不到自己的影子咧？」

我：「妳去路燈下試試看。」

她蹲下來，「踩到了！」後來一輛機車在後方開燈，「把拔你看，我的腿變得好細好長！」

我：「我們唱過一首影子的歌，記得是哪一首嗎？有個人晚上和影子一起跳舞的歌。」

小孩茫然：「哪一首？」

我唱給妳聽——

水調歌頭（節錄）　宋．蘇軾

明月幾時有？把酒問青天。不知天上宮闕，今夕是何年？我欲乘風歸去，又恐瓊樓玉宇，高處不勝寒。起舞弄清影，何似在人間……

小：「喔這一首，我知道啊，但是什麼意思啊？」

我：「古時候沒有路燈，所以他是在很亮很亮的月亮下，一邊喝酒，一邊跟自己的影子跳舞，因為太高興了，覺得這麼開心的地方，一定不是人間，而是在天堂吧。」

小：「沒有路燈，可是會有燈籠啊。」

我：「有燈籠，但是月亮很亮的時候，就不需要燈籠了。」

小：「月亮很亮，還是可以提燈籠啊。」

我：「也是。」看來她比較在意這一點。

在飄飄欲仙的蘇軾之前，上一個和影子玩遊戲最著名的人是詩仙李白：

月下獨酌四首（其一）　唐·李白

花間一壺酒，獨酌無相親。舉杯邀明月，對影成三人。
月既不解飲，影徒隨我身。暫伴月將影，行樂須及春。
我歌月徘徊，我舞影零亂。醒時同交歡，醉後各分散。
永結無情遊，相期邈雲漢。

花前月下，帶著一壺酒自斟自飲，未免有些寂寞？不如舉杯邀明月，加上影子，連同自己就有三人可以熱熱鬧鬧了。無奈月亮和影子都一言不發，更不會喝酒了。無所謂，不要辜負了大好春光，就讓月、影陪著我及時行樂吧，誰說他們無情呢？你看，我唱歌時，月亮也徘徊不去，我跳舞時，影子也跟著我凌亂的步伐。醒時我們一起同歡，醉後各自分散，去哪找這麼好的朋友呢？就讓我們永遠保有這份無情的交遊，希望未來有一天能在天上再見。

這是李白一個人的狂歡，雖然鬱鬱不得志，但他此時不僅有酒，還有月、影相陪呢，更何況「人生達命豈暇愁，且飲美酒登高樓[1]」。不過我們都知道，這只是他為自己壯膽。「永結無情遊，相期邈雲漢」，意思就是眼前只有月、影相陪，未來應該也只能月下獨酌，除了月、影，還有誰是能永遠在一起的知己？不知他這一天是否也「三杯拂劍舞秋月，忽然高詠涕泗漣[2]」？

再上一個著名的影子遊戲，則是陶淵明的〈形影神三首〉，「形」說，天長地久，我只有酒，既然無法成仙，影子啊，請不要拒絕跟我一起喝酒，「願君取吾言，得酒莫苟辭」。但是「影」說，形影不離，那只是在你活著的時候，若你一死，我也一起消失，不如多做善事，還能留下聲名。這樣，你還認為酒能消憂嗎？「神」說，生生死死都是自然的一部分，有什麼好擔憂的？也沒人能保證聲名能流傳。當你走到盡頭，那就是盡頭了，「應盡便須盡，無復獨多慮」。

陶淵明這首詩李白一定念過，但是求仙不成，求名不得，詩仙其實看不開。蘇軾的〈水調歌頭〉還比較溫暖一些，雖然和弟弟蘇轍分隔兩地，但只要能一同欣賞明月就夠了，「但願人長久，千里共嬋娟」。

詩詞中老是孤獨與飲酒，實在是不行。想起某次與友人一家出遊，舉目望見上弦月，正想著趁機念哪首「月如鉤」的詩詞給小孩聽，友人卻已經開始解釋月亮的圓缺是地球的影子，以及地球、太陽、月亮之間的關係……聽了真如醍醐灌頂，我好羨慕這麼科學理性的思考方式，我已經三十年沒想過「地球的影子」這件事了。

說回人的影子，除了月亮之外，詩詞中寫到影子多半是燭光下的影子，而且滿滿的閨婦、思婦、怨婦。愈來愈確定，其實小孩不適合念古詩詞吧，例如這首：

望夫詞　唐．施肩吾

手爇寒燈向影頻，回文機上暗生塵。

自家夫婿無消息，卻恨橋頭賣卜人。

爇（音同弱，ㄖㄨㄛˋ），燃燒之意。點起一盞燈，再怎麼頻頻四處張望，唯一能看見的也只有自己的影子，而紡織機上已生滿灰塵。想要效法前秦時的蘇蕙，織一首回文詩給丈夫也辦不到，因為根本沒有自家夫婿的消息，信又該寄去哪裡呢？這只能恨起那個橋頭的算命師、賣卜人了。

沒有桃花，就怪瑪法達，愛情消失，就怪唐老師。這滿合理的，可以春風得意，誰想顧影自憐。這首詩的作者是唐人施肩吾，現在雖然名氣不大，但宋人可是把他當成神仙，認為他在西山隱居時成仙了。有一說他是「八仙」鍾離權的徒孫、呂洞賓的徒弟，或是先遇許天師，再遇呂洞賓[3]。如果是這樣，那施肩吾寫〈望夫詞〉可能是嘲笑那個「橋頭賣卜人」的道行不夠，不知道他有沒有幫那位思婦另卜一卦？

不過施肩吾雖然隱居後人間蒸發，但也可能不是成仙，而是移民了。據連橫《臺灣通史》卷一開闢紀：「唐中葉，施肩吾始率其族遷居澎湖。肩吾、汾水人，元和中舉進士，隱居不仕，有詩行世。其題澎湖一詩，鬼市、鹽水，足寫當時之景象。而終唐之世，竟無與臺灣交涉也。」

施肩吾搬家到澎湖，這我就不知道可信度了。

這類燭前暗影，也常見於「宮怨詩」，例如白居易的〈上陽白髮人〉，一個十六歲入宮，六十歲仍在冷宮的的宮人，「耿耿殘燈背壁影，蕭蕭暗雨打窗聲」。或是張祜〈贈內人〉「斜拔玉釵燈影畔，剔開紅焰救飛蛾」，救飛蛾，也是同病相憐。

除了閨怨、宮怨，甚至還有「仙怨」。例如李商隱的名作：

嫦娥　唐．李商隱

雲母屏風燭影深，長河漸落曉星沉。

嫦娥應悔偷靈藥，碧海青天夜夜心。

房內鑲嵌雲母的華麗屏風，印上了深濃的燭影，而窗外的銀河和晨星漸漸沉落黯淡。住在月宮中的嫦娥，應該也後悔偷了丈夫后羿的長生不老藥吧？每夜獨自看著碧海青天、燭影銀河，覺得寂寞孤單冷。

難道真的只有孤獨、愁苦時才會注意到影子嗎？也不是喔，晚唐的陸龜蒙寫了一首我很喜歡的影子詩，只要抛開名利，抛開執著，花、影、酒的相遇，也可以是這麼開心的，不負他「江湖散人」的稱號：

和襲美〈春夕酒醒〉　唐．陸龜蒙
幾年無事傍江湖，醉倒黃公舊酒壚。
覺後不知明月上，滿身花影倩人扶。

皮日休，字襲美，是陸龜蒙的知交好友，兩人在文壇上齊名，稱為「皮陸」（不是黑面琵鷺），這首就是他們的唱和之作。寫酒醒，當然要先寫酒醉。這幾年在江湖閒散無事，而這一天醉倒在竹林七賢飲酒之地[4]，醒來後不知道已經明月高上了。月光輕輕灑下，只見身上滿身花影，酒未全醒，請人（倩人）扶我起來，欣賞這難得的良辰美景。

這是詩詞中關於影子最美好的形象了[5]，有花有酒有影，而且，有人陪著。

小學生啊，我當然希望妳永遠都不會寂寞，但是如果有一天，妳覺得孤單了，也希望妳還保有跟影子遊戲的心情，或許，那會是我的影子來陪妳了。

#同場加映

愛或不愛

這麼多花與影子，本質上都是「愛或不愛」的故事。有次颱風夜在網路上看到高中老師問學生：「愛的反面是什麼？」

這題我會，有多少種愛，就有多少種反面。窗外風雨交加，大珠小珠落玉盤，馬上從愛情、家庭、功名事業等各方面湊出十組，聊以遣懷：

正是——妾家高樓連苑起，良人執戟明光裡。——**唐．張籍〈節婦吟〉**

反是——忽見陌頭楊柳色，悔教夫婿覓封侯。——**唐．王昌齡〈閨怨〉**

正是——金風玉露一相逢，便勝卻人間無數。——**宋．秦觀〈鵲橋仙〉**

反是——十年一覺揚州夢，贏得青樓薄倖名。——**唐．杜牧〈遣懷〉**

正是——冬雷震震，夏雨雪，天地合，乃敢與君絕。——漢樂府〈上邪〉）

反是——我死之後，必為厲鬼，使君妻妾，終日不安。——唐．蔣防〈霍小玉傳〉

正是——雲想衣裳花想容，春風拂檻露華濃。——唐．李白〈清平調三首〉

反是——寂寞空庭春欲晚，梨花滿地不開門。——唐．劉方平〈春怨〉

正是——妝罷低聲問夫婿：畫眉深淺入時無？——唐．朱慶餘〈閨意獻張水部〉

反是——玉郎還是不還家，教人魂夢逐楊花。——五代前蜀．顧敻〈虞美人〉

正是——記得那年花下，深夜。攜手暗相期。——唐．韋莊〈荷葉杯〉

反是——此情可待成追憶，只是當時已惘然。——唐．李商隱〈錦瑟〉

正是——二月楊花輕復微，春風搖蕩惹人衣。——唐．薛濤〈柳絮〉

反是——他家本是無情物，一任南飛又北飛。——唐・薛濤〈柳絮〉

正是——春風得意馬蹄疾，一日看盡長安花。——唐・孟郊〈登科後〉

反是——總為浮雲能蔽日，長安不見使人愁。——唐・李白〈登金陵鳳凰臺〉

正是——仰天大笑出門去，我輩豈是蓬蒿人！——唐・李白〈南陵別兒童入京〉

反是——功名富貴若長在，漢水亦應西北流。——唐・李白〈江上吟〉

正是——黃河落天走東海，萬里寫入胸懷間。——唐・李白〈贈裴十四〉

反是——君去若逢相識問，青袍今已誤儒生。——唐・劉長卿〈別嚴士元〉

不過也是有一種開頭就是反面，反面的反面還是反面的狀況。

先反面——顧我無衣搜藎篋，泥他沽酒拔金釵。——唐・元稹〈遣悲懷三首〉

再反面——今日俸錢過十萬，與君營奠復營齋。——唐·元稹〈遣悲懷三首〉

好吧，我承認我不喜歡元稹的〈遣悲懷〉。

註

1 唐·李白〈梁園吟〉。

2 唐·李白〈玉壺吟〉。

3 元·趙道一《歷世真仙體道通鑑》：「希聖（施肩吾字）遇旌陽，授以五種內丹訣及外丹神方，後再遇呂洞賓，傳授內煉金液還丹大道。於是終隱西山。」

4 南朝宋·劉義慶《世說新語·傷逝》：「王濬沖為尚書令，著公服，乘軺車，經黃公酒壚下過，顧謂後車客：『吾昔與嵇叔夜、阮嗣宗共酣飲於此壚，竹林之遊，亦預其末。自嵇生夭、阮公亡以來，便為時所羈紲。今日視此雖近，邈若山河。』」

5 宋代喜歡這首詩的文人相當多，曾多次引用，例如晏幾道〈虞美人〉（疏梅月下歌金縷）：「採蓮時節定來無，醉後滿身花影倩人扶。」晁補之〈一叢花〉（王孫眉宇鳳凰雛）：「金盞醉揮，滿身花影，紅袖競來扶。」陸游〈成都行〉：「月浸羅襪清夜徂，滿身花影醉索扶。」范成大〈虞美人〉（紅木犀）：「滿身花影弄淒涼。無限月和風露一齊香。」

九 滿城風絮：詩詞中只有三個數字有意義

小學生回到家前，我就在手機的家長群組看到大家認真討論：今天國語考試有一題是照樣寫短語「一陣風」，似乎很多小朋友看不懂這個題目。

這題很簡單我會（舉手），跟著黃妃唱〈非常女〉，就可以寫出很多答案了：「一陣風一句話，一滴雨水一分痴，用真情編織的夢……」到底為什麼會看不懂？不過，看到其他家長提供的答案「一陣雨」、「一陣寒意」之後，我也不確定了，所以是要寫「一陣〇〇」嗎？我可能連小一考卷也拿不到一百分，起了一陣雞皮疙瘩，唱起費玉清的〈一剪梅〉：「雪花飄飄……」

小學生回家後，我看她的考卷上寫「兩艘船」、「一棵樹」，而且老師打勾了，我也鬆一口氣。

我：「聽說有人看不懂這一題的題目。」

小：「我一開始也看不懂，一陣風，什麼意思啊？一陣風，很涼快？看懂意思之後，才知道要這樣寫。」真遺憾她看懂了，我也覺得這樣比較好：一陣風，很涼快，坐火車，看大海。想想她在一年前還是個文盲，現在竟然已經在考試了。

不過這種數字量詞滿有趣的，「記得我們念過一首詞嗎？一種相思，兩處閒愁。」

小：「記得啊！」

我：「下次再考這題，妳可以寫這首〈一剪梅〉。我念一次給妳聽。」

一剪梅　宋．李清照

紅藕香殘玉簟秋。輕解羅裳，獨上蘭舟。雲中誰寄錦書來？雁字回時，月滿西樓。

花自飄零水自流。一種相思，兩處閒愁。此情無計可消除，才下眉頭，卻上心頭。

我：「後面寫，花自己會飄，水自己會流。」

小：「那是當然的啊，為什麼還要說咧？」

我：「因為『一種相思，兩處閒愁』就跟花飄水流一樣，沒辦法阻止。」

小：「『一種相思，兩處閒愁』是什麼意思？」

我：「我在辦公室想妳，妳在學校想我，所以是同一種相思。但是我們在兩個不

同的地方，所以是兩處閒愁，淡淡的、不是很嚴重的煩惱。如果妳寫這個答案，老師問妳，妳知道怎麼說嗎？」

小：「嗯……知道，你在辦公室想吃淡淡的鱈魚香絲，我在學校想吃淡淡的鱈魚香絲，所以是同一種香絲，不是很嚴重的煩惱。」

我：「差不多意思了。然後，有些人煩惱的時候會皺眉頭，因為這種感情、也就是這種煩惱沒有辦法消除，就算已經不皺眉頭了，煩惱還是會跑到心頭。妳還記得劉德華的〈纏綿〉怎麼唱嗎？」

小：「忘記了。」

李清照這首詞和劉德華的歌，大約都是她三歲之前念、唱給她聽的。記得有一天早上她醒後，不是吵著要看時鐘，而是爬到我身上，先伸出一隻手，然後二隻手放在我臉上，再用食指點著我的眉心：「雙手輕輕捧著你的臉，才下眉頭，卻上心頭……然後呢？」然後呢？我說：「把愛倒進你的心裡面，一種相思，兩處閒愁。」

雖然她已經忘了，不過我沒忘記那個早晨我融化了。

話說〈一剪梅〉這個詞牌得名於周邦彥（不是費玉清）的詞「一剪梅花萬樣嬌」，而詞史上最著名的〈一剪梅〉應該就是李清照這首，尤其是最後三句「此情無計可消除，才下眉頭，卻上心頭」歷代傳誦。不過清人王士禛認為這個意境不是李清照獨創的，他說[1]，明人俞彥的「輪到相思沒處辭，眉間露一絲」是從李清照這裡偷來的，不過偷得很好，可稱「善盜」；而李清照則是從范仲淹「都來此事，眉間心上，無計相迴避」偷來的，只是「李特工」，意思是李清照寫得比范仲淹更加工麗（並非說李清照是宋國的特務，因此外號「李特工」）。

• • •

說到在詩詞中使用數字，就要先提一下「初唐四傑」之一的駱賓王，據唐人張鷟《朝野僉載》，因為駱喜好以數字寫對偶句，所以當時人稱他為「算博士」，也就是人體計算機。例如他的〈帝京篇〉就有「秦塞重關一百二，漢家離宮三十六」、「小堂綺帳三千戶，大道青樓十二重」、「且論三萬六千是，寧知四十九年非」。

不過這位「初代算博士」在現代名氣不高，晚唐杜牧也愛以數字入詩，可稱二代算博士，而且寫得好極了，例如「二十四橋明月夜，玉人何處教吹簫[2]」、「南朝四百八十寺，多少樓臺煙雨中[3]」、「不用憑欄苦回首，故鄉七十五長亭[4]」都是名句中的名句，經典中的經典。

既然談到文學界中的算博士，依照現在十二年國教新課綱強調跨領域學習的趨勢，我們可以做幾道數學題（可能會考喔，要注意）：

第一題：

晚唐詩人杜牧〈題齊安城樓〉寫「不用憑欄苦回首，故鄉七十五長亭」，按照他當時所在地齊安郡，距離他的故鄉長安約二千二百五十五里[5]，而古時三十里有一驛亭，則杜牧所計算是否正確？

第二題：

玉樓春　宋．蘇軾

次歐公西湖韻

霜餘已失長淮闊，空聽潺潺清穎咽。佳人猶唱醉翁詞，四十三年如電抹。
草頭秋露流珠滑，三五盈盈還二八。與余同是識翁人，唯有西湖波底月！

這首詞是蘇軾於一〇九一年任穎州知州時追悼歐陽脩所作，「次韻」即依照別人詩詞的韻腳來填詞。根據詞意：

1. 蘇軾這首詞是依據歐陽脩於哪一年作〈玉樓春〉詞的韻腳？
2. 蘇軾這天看到的月亮是上弦月、滿月還是下弦月？

第三題：

減字木蘭花　宋．蘇軾

己卯儋耳春詞

春牛春杖。無限春風來海上。便丐春工。染得桃紅似肉紅。
春旛春勝。一陣春風吹酒醒。不似天涯。捲起楊花似雪花。

1. 不計算標點符號，這首詞中的「春」字佔了總字數的幾分之幾？
2. 若無標點符號，用這首詞同樣的文字，「春」不相鄰有幾種排列組合？

這類型題目解起來很煩，到底是考國文還是考數學呢？就像肺炎可以快篩，愛情不能普篩，詩詞的核心是情感，這是沒辦法理性計算的。

這就想到賀鑄的這首代表作[6]，其中的「閒情」跟李清照詞的「閒愁」一樣，都是愛情的煩惱：

青玉案（節錄）　宋．賀鑄

飛雲冉冉蘅皐暮，彩筆新題斷腸句。

若問閒情都幾許？

一川煙草，滿城風絮，梅子黃時雨！

若問閒情到底有多少呢？最後三句說，唉這豈是屈指可以數得出來？勉強要說，就如川旁煙霧籠罩的青草，滿城飄飛的柳絮，梅雨時無邊無際的雨絲那麼多吧。

簡直淒美到極致了[7]。所以，別管什麼跨領域素養了，我比較願意這樣想，文學作品中，只有三個數字有意義：為了那孤獨的一、成雙成對的二，以及無以名狀的無限大。不管是閒情、閒愁，或是小孩三歲那天早晨的柔情。

數字詩

關於數字入詩，（不知道哪來的）傳說中，西漢才子司馬相如千方百計勾引了新寡的卓文君私奔之後，有一天變心了，想要離婚又不知如何開口，因此寄給卓文君一句話：「一二三四五六七八九十百千萬」。冰雪聰明的卓文君一看就知道丈夫三心二意，因為這句話最後少了「億」，知道他對自己既無憶也無意，她萬般無奈下回覆了這首以數字入詩的〈怨郎詩〉。司馬相如看了之後內心七上八下，羞愧不已，從此一心一意善待卓文君：

怨郎詩　（傳）西漢．卓文君

一別之後，二地相懸。只說是三四月，又誰知五六年。七絃琴無心彈，八行書無可傳。九連環無故折斷，十里長亭望眼欲穿。百思念，千掛牽，萬般無奈把郎怨。

萬語千言說不完，百無聊賴十倚欄。重九登高孤身看孤雁，八月中秋月圓人不圓。七月半燒香秉燭問蒼天，六月間心寒不敢搖蒲扇。五月石榴似火，偏遇冷雨催花瓣；四月枇杷未黃，我欲對鏡心煩亂。急匆匆，三月桃花隨水轉；飄零零，二月風箏線扯斷。噫！郎君兮，盼只盼，下一世你為女來，我為男！

這個傳說很有趣，不過這首詩怎麼看都不像西漢的作品，更像是宋詞或元曲，除非卓文君是超越時代的天才，不然，這首詩應該是後人牽強附會，硬是栽贓司馬相如。

雖然可能是假新聞，不過我滿喜歡這首詩的，念起來非常有趣。其中「只說三四月，誰知五六年」，會讓我想起鄧麗君演唱的〈你怎麼說〉：「你說過兩天來看我，一等就是一年多。三百六十五個日子不好過，你心裡根本沒有我，把我的愛情還給我。」

另外，這首詩從一到萬、再從萬到一的結構，則讓我想起周星馳的電影《唐伯虎點秋香》中的對聯：

一鄉二里共三夫子，不識四書五經，竟敢教七八九子，十分大膽！

十室九貧，湊得八兩七錢六分五毫四厘，尚且三心二意，一等下流！

所以囉，這種時候就不要拘泥於史實了，閱讀與創作時，開心有趣比較重要。

註

1 清．王士禛《花草蒙拾》：「俞仲茅小詞云：『輪到相思沒處辭。眉間露一絲。』視易安『才下眉頭，卻上心頭』，可謂此兒善盜。然易安亦從范希文『都來此事，眉間心上，無計相迴避』語脫胎。李特工耳。」

2 唐．杜牧〈寄揚州韓綽判官〉。

3 唐．杜牧〈江南春〉。

4 唐．杜牧〈題齊安城樓〉。

5 據唐．杜佑《通典》卷一八三。

6 有件事賀鑄的確無法計算，他因為這首詞寫得太好，因此得到一個外號「賀梅子」。哪一首作品會成為代表作，可不是詞人能決定的，宋．宋祁因「紅杏枝頭春意鬧」得到「紅杏尚書」這麼美的封號，賀鑄近千年來就只能是「賀梅子」。可參考宋．周紫芝《竹坡詩話》：「賀方回嘗作〈青玉案〉，有『梅子黃時雨』之句，人皆服其工，士大夫謂之『賀梅子』。」

7 不過這首詞念著念著，我都會唱起羅文的〈塵緣〉最後三句：「一城風絮，滿腹相思都沉默，只有桂花香暗飄過。」

十

文字考古：「喜翻」、「還睡」都是文言文

近來大家很認真考古「高雄」的由來，這現象看得我滿心歡喜。其實考察文字的來歷，也是我的專長，特別介紹幾個大家不知道的典故來源吧（因為是假的）。

・雕民・

現在比較常見「鯛民」，不過身為刁民，這樣氣魄太小了。像杜甫就是「雕」民，威風吧！只是他自比為大雕時，其實滿落魄的。

此時還在玄宗天寶年間，太平盛世、歌舞昇平，杜甫卻還在到處求人引薦，「朝扣富兒門，暮隨肥馬塵[1]」，早上去敲富二代的門，晚上跟在別人肥馬後面吃土。「殘杯與冷炙，到處潛悲辛」，到處奔波也只換來殘羹剩酒。

於是他決定寫一篇〈雕賦〉向皇上求職，賦的前面有這篇〈進雕賦表〉。大意是說：我爺爺杜審言就已經在朝為官（不像我只能圍觀），我也從七歲就開始讀書寫詩，哪能想到今天「衣不蓋體，常寄食於人」，快要餓死了，希望明主哀憐，讓我能追隨祖父的足跡。我的文筆「沉鬱頓挫、隨時敏捷」，跟西漢才子揚雄、枚皋也差不多了。相信我這隻「鷙鳥之殊特，搏擊而不可當」的大雕，一定可以當個好的大臣。

看看杜甫的卑屈血淚，當個「雕民」，可不是容易的。

‧喜翻‧

如果有人說「很喜翻」、「喜翻了」是錯字，是網路用語。你可以回答，這是詩聖杜甫說的喔：

喜達行在所（其二） 唐‧杜甫

自京竄至鳳翔

愁思胡笳夕，淒涼漢苑春。生還今日事，間道暫時人。

司隸章初睹，南陽氣已新。喜心翻倒極，嗚咽淚霑巾。

安史之亂後，唐玄宗早已逃出長安，肅宗在鳳翔即位，而杜甫卻被安史軍抓走了，隔年（七五七年）春天寫下現在小學生就會念的〈春望〉「國破山河在，城春草木深」。人生際遇真是難說，名滿天下的王維這時也被關在長安，看守嚴密；而杜甫一輩子求名求官都不順利，這時還只是個小角色，因此讓他找到機會逃出城了。

夜黑風高、山路難行，他終於逃竄到了鳳翔，找到了皇帝。回想昨天還是愁思淒涼，今天再世為人，看到皇帝臨時的「行在所」已經氣象一新，不禁喜到翻過去，哭了：「喜心翻倒極，嗚咽淚霑巾。」

後來肅宗看他一片忠心耿耿，封他當了左拾遺。你看「喜翻」蘊含了這麼多的國仇家恨。

‧森77‧

這典故大家都熟，只是我們現在講話都偷懶不捲舌，本來應該是「聲淒淒」，出自高中時讀過的〈琵琶行〉，只是原意是很淒涼，而不是很生氣：「淒淒不似向前聲」，所以說聲淒淒。但這位琵琶女，其實是有理由生氣的。

琵琶行（節錄）　唐．白居易

莫辭更坐彈一曲，為君翻作琵琶行。感我此言良久立，卻坐促絃絃轉急。
淒淒不似向前聲，滿座重聞皆掩泣。座中泣下誰最多？江州司馬青衫濕。

把上面這段詩再倒帶一下，可以知道她是童星出身，「十三學得琵琶成」，所有貴家公子都爭著討好她，「五陵年少爭纏頭」。後來年華漸長，演藝界一嫩還有一嫩，她也只能嫁人，「門前冷落車馬稀，老大嫁作商人婦」。但嫁了富商卻是獨守空閨，每天「去來江口守空船」。遇到江州司馬白居易「同是天涯淪落人」，她也只能聲淒淒。

可是啊，妳是可以生氣的，以後別哭了。

・天龍人・

「天龍人」典故出自漫畫《航海王》，這OK，但是在我鍥而不捨地追查之下，我發現一個很棒的詞：「京邑病」。

秋寄從兄賈島　唐．無可

暝蟲喧暮色，默思坐西林。聽雨寒更徹，開門落葉深。
昔因京邑病，並起洞庭心。亦是吾兄事，遲回共至今。

這一天，無可和尚寄一首詩給他的堂兄賈島，就是「郊寒島瘦」的那個賈島。和尚說，今天傍晚我坐在西林寺裡，聽著蟲叫聲冥思默想，伴隨著窗外一夜的雨聲，有雨聲怎麼還會有蟲聲？早上開門一看，原來不是雨聲，而是一夜的落葉聲。落葉還知道歸根，讓我回想起當年我們一起在首都，得了一種想當天龍（京邑）人的病，不過你考進士一直落榜，也曾想乾脆回洞庭湖隱居算了。怎麼到今天哥哥你還沒回來呢？

是不是病還沒好？

這首詩該送給在天龍國打拚，還沒功成名就的異鄉人。

・共孤・

中秋的詩詞隨便挑都一大把，但我只要大家注意這首〈西江月・黃州中秋〉。自從蘇軾九百年多前寫了這首詩之後，中秋節的樂透就沒人中過了，總是「共孤」（諧音臺語的「落榜、沒中獎」之意）。

西江月　宋・蘇軾

世事一場大夢，人生幾度新涼。夜來風葉已鳴廊，看取眉頭鬢上。

酒賤常愁客少，月明多被雲妨。中秋誰與共孤光，把盞淒然北望。

世間萬事只如莊子所說是一場大夢，人生在世又能經歷幾次新秋的涼意？夜晚風

文字考古：「喜翻」、「還睡」都是文言文

起，吹動廊邊的樹葉颯颯作響，我的眉頭鬢上也已生白髮。無端獲罪被貶謫之後，人窮酒賤，從前的朋友也不與我往來了。這個中秋夜的明月，也常被烏雲遮掩。誰願意與我一同欣賞同樣孤單高懸夜空的月光呢？我獨自拿著酒杯，淒然傷心地望向北方的京城。

因「烏臺詩案」貶謫黃州，這是蘇軾一生最低潮的時候，在此之前他是名高天下的才子，是文壇前輩歐陽脩認為「老夫當避此人，放出一頭地」的天才。從此開啟了他一連串的貶謫生涯，他之後也重新振作，才有了「一點浩然氣，千里快哉風[2]」這種我們熟悉的曠達豪邁的蘇東坡。

所以，經歷「誰與共孤光」的難堪時，念念這首詞也想想蘇軾囉，沒關係，沒中樂透只是暫時的。

・搖落去・

這時燈光變幻、歌舞喧天，你正看著野台戲、看人跳舞，一邊喊著「搖落、搖落去」，但突然感到一絲悲涼，那你已經進入古人「搖落」的境界了。

九辯（節錄）　戰國楚．宋玉

悲哉！秋之為氣也。
蕭瑟兮，草木搖落而變衰。
憭慄兮，若在遠行。
登山臨水兮，送將歸。
泬寥兮，天高而氣清；寂寥兮，收潦而水清。
憯悽增欷兮，薄寒之中人；愴怳懭悢兮，去故而就新；
坎廩兮，貧士失職而志不平；廓落兮，羈旅而無友生；
惆悵兮，而私自憐。

大意是說：秋天的空氣啊，讓草木不禁搖晃、飄落、衰老了，滿目蕭條。這時一切都不如意，就像要離鄉背井了，要送別朋友了，窮讀書人無以為生了，在外地卻沒朋友了，可憐啊……

「搖落」這個詞後來就跟「秋天」和「宋玉」不可分割了，也成為後世文人愛用的詞，從曹丕「秋風蕭瑟天氣涼，草木搖落露為霜[3]」，陳子昂「歲華盡搖落，芳意竟何成[4]」，劉長卿「寂寂江山搖落處，憐君何事到天涯[5]」，到蘇軾「翠柏不知秋，空庭失搖落[6]」。

只是我念著杜甫的「搖落深知宋玉悲，風流儒雅亦吾師[7]」，總覺得宋玉在跳舞，有點悲涼。

・還睡，還睡・

最後說一個父母早上罵小孩、老婆罵老公時常說的話，而且一定要重複兩次：

「還睡，還睡」。

如夢令　清．納蘭性德

萬帳穹廬人醉，星影搖搖欲墜。歸夢隔狼河，又被河聲攪碎。還睡，還睡，解道醒來無味。

作者是清初詞人納蘭性德，很多人都愛極他的「人生若只如初見，何事秋風悲畫扇？等閒變卻故人心，卻道故人心易變！[8]」這一天他陪著康熙帝出城巡視，萬頂帳棚下的將士都已沉醉，滿天星星，滿到都快墜落了。他隔著狼河做著歸鄉的夢，夢卻被流水聲攪碎。還是繼續睡吧，繼續睡吧，醒來之後的人生一樣乏味。

這時納蘭性德還不到三十歲，卻已活得這麼生無可戀。

奉勸大家平常自己念念詩詞也就罷了，如果你賴床時，被父母或老婆念一句「還睡，還睡」，而你好膽回了「解道醒來無味」，那就是你生無可戀了。

同場加映 # 外來語

國語、英語、本土語，現在小學語言課的比重好高。我很贊成多學幾種的，不如國、臺、英、日、韓、和動物語一起學吧，我示範一首詩：

葡萄水綠魚樂遊，
猶道「安妞哈謝呦」。
動物溝通莊生解，
安知奧 pear 假りんご。

第一句出自李白〈襄陽歌〉「遙看漢水鴨頭綠，恰似蒲萄初醱醅」，以及莊子與惠子「安知魚之樂」的典故。第二句為韓文안녕하세요（annyeonghaseyo，你好）的音譯。第三、四句，莊子是最早的動物溝通師，只有他聽得懂魚的話。其他人都如

臺語諺語「爛梨子假裝是蘋果」，只有莊子才是真貨。Pear，梨子的英文。りんご，蘋果的日文。

這麼說來，日文也很值得考古。

例如，「廝勾」這個詞現在沒人用了，這是親暱、親近的意思。黃庭堅〈歸田樂引〉寫：「看承幸廝勾，又是尊前眉峰皺。」說情侶一下子很親暱，一下子又鬧脾氣。每次讀到這句，都覺得漏了一個字，「看承幸廝勾矣」才對，這麼照顧我，真是すごい（sugoi，諧音廝勾矣。日文：哇、好厲害）。

所以，宋人石孝友〈洞仙歌〉：「幾度春歸，歸去晚，開得蟠桃廝勾矣。」蟠桃開得太好了。

宋人趙聞禮〈謁金門〉：「門外東風吹綻柳，海棠花廝勾矣。」海棠花也開得很棒。

大概是這樣。

註

1 唐·杜甫〈奉贈韋左丞二十二韻〉。

2 宋·蘇軾〈水調歌頭〉（黃州快哉亭贈張偓佺）。

3 魏·曹丕〈燕歌行二首〉其一。

4 唐·陳子昂〈感遇詩三十八首〉其二。

5 唐·劉長卿〈長沙過賈誼宅〉。

6 宋·蘇軾〈十月十四日以病在告獨酌〉。

7 唐·杜甫〈詠懷古跡五首〉其二。

8 清·納蘭性德〈玉樓春〉（擬古決絕詞）。

十一 古人育女：女孩不呆，只是裝傻

「我女兒本來喜歡○○，後來因為她的好朋友＊＊也喜歡○○，所以女兒就在心裡跟他分手了。」

「哈哈哈，我女兒也說＊＊每天都會說她喜歡○○。」

在校門口等小學生放學時，聽其他媽媽說起班上戀情進展，目前看來○○是大眾情人了。而且小一生好可愛，說起自己喜歡誰，都不會害羞喔。

今天戀情又更新了：「○○向★★告白了，而且★★也接受了。」

「哇，那＊＊會不會很傷心？」

「好像還好，我女兒就和＊＊一起祝福他們能在一起久一點。」

「還祝福咧……」少年不識愁滋味啊，分分合合，非常坦然。

後來，跟小學生回家路上，我問她：「聽說○○跟★★告白了，那★★喜歡○○嗎？」她對這種事似乎不太感興趣，回家後很少提，滿想知道她有沒有融入同學的生活。

「★★對他沒有喜歡，也沒有不喜歡，所以覺得○○喜歡她也沒關係啦。」她說得很淡定，但……這樣對嗎？小女生的世界愈來愈複雜，深不可測啊。

現代人特別早熟嗎？說是也是，說不是也不是。古人可能十三、四歲就準備結婚（李白〈長干行〉大家都讀過：「十四為君婦，羞顏未嘗開」），但不會在七、八歲時出現這種告白戲碼。

不過古代的小孩養成過程，男女孩的差異非常大，這篇先說女孩，而且先說一個接近神話的故事：徐惠。

據說[1]徐惠五個月大就會說話（不是七坐八爬嗎？她還不會坐就會說話了），四歲通《論語》和《詩經》。八歲自己學會寫詩文，她父親是當朝大臣徐孝德，便要她學《楚辭．離騷》寫一首詞，她因此寫了這首，嚇壞了老爸：

擬小山篇　唐．徐惠

仰幽巖而流盼，撫桂枝以凝想。
將千齡兮此遇，荃何為兮獨往。

詩中說我仰望著幽谷山巖時美目流盼；手撫著桂樹枝椏時低頭凝想。一千年前，你說我們會再次相遇，你怎麼獨自離開了呢？

這種千年一遇的愛情，的確很像小女孩的幻想文。不過老爸會嚇壞，問題出在「荃」，這個字本來是指香草，但是在屈原〈離騷〉「香草美人」的含意中，「荃」是代指君王，例如「荃不察余之中情兮」，就是說「君王為何不能體察我的內心」。所以，小徐惠這首詩，不就是說皇上忘了和她的約定，沒有來帶走她嗎？

皇上的事可不能亂說話，老爸知道徐惠寫了這首詩的事情遲早瞞不住的。果然，唐太宗李世民聽說後，就召徐惠入宮當才人了。據說她入宮後仍然手不釋卷地讀書，並且能寫出漂亮文章，長大之後升為充容（九嬪之一）。後來李世民四處調兵出征或大興土木蓋宮殿時，她還會上疏勸諫，果然是有讀書的好女孩。

不過我滿懷疑這件事是父親徐孝德一手安排、自導自演的。後來徐惠的妹妹則嫁給了唐太宗的兒子唐高宗李治，成為徐婕妤[2]（唐朝倫理關係有點亂）。

離開皇宮來到人間，會發現古代文人筆下的小女孩都是呆子。這都要怪西晉時曾經造成「洛陽紙貴」的左思，因為他寫了這首詩：

嬌女詩（節錄）　晉・左思

吾家有嬌女，皎皎頗白皙。小字為紈素，口齒自清歷。
鬢髮覆廣額，雙耳似連璧。明朝弄梳台，黛眉類掃跡。
濃朱衍丹唇，黃吻瀾漫赤。

左思的嬌嬌女字紈素，長得可愛白皙，說話口齒清晰。瀏海蓋著扣頭，兩耳白如玉璧。早上爬上媽媽的梳妝台，畫起眉毛像掃地。又偷拿口紅，把小嘴巴畫得又大又紅吱吱。

如果是今天，可能還會加上偷穿媽媽的高跟鞋吧。古代文人寫男孩時，主要寫他們如何聰明早慧，例如李商隱寫外甥「十歲裁詩走馬成，雛鳳清於老鳳聲。[3]」但從左思這首詩已經可以窺見，古人對女兒不期不待，只想記錄她呆呆的一面。後來的文人也繼承這個傳統，例如杜甫：

北征（節錄） 唐．杜甫

瘦妻面復光，痴女頭自櫛。學母無不為，曉妝隨手抹。
移時施朱鉛，狼藉畫眉闊。生還對童稚，似欲忘飢渴。

安史之亂後，杜甫歷經千辛萬苦加恥辱，總算回到分隔一年多的家人身旁，只見妻子衣衫襤褸，兒女餓得面色慘白，床帳雖已拆下來補衣服，但女兒的裙子也只夠蓋過膝蓋。可能因為他回來了，妻女很高興，便拿出僅存的化妝品，瘦妻臉上重現光彩，痴女自己梳頭，臉上隨手亂抹，口紅和眉毛都畫得亂七八糟。自己歷劫歸來，看見稚嫩的小孩，簡直可以忘了飢渴。

看見女兒這一幕就可以忘了飢渴，我想是因為在更加飢渴的一年多裡，他一定每天想念：痴女是不是已經會學媽媽化妝了？小女孩的一年，可不是大人的一年啊！

杜甫的經歷有點太淒慘（他的人生太難）。看一下承平時期，詩人一樣喜歡記錄小女孩的「痴」：

幼女詞　唐．施肩吾

幼女纔六歲，未知巧與拙。

向夜在堂前，學人拜新月。

古人習俗在七夕拜月「乞巧」，但小女孩兒才六歲，根本不知道什麼是巧、什麼是拙，竟然也在堂前學人拜起新月來了。

這首詩雖然寫得很可愛，但我覺得施肩吾這位把拔也太不了解小女孩了，六歲已經幼兒園大班要上小學了，她當然知道什麼是巧什麼是拙啊！我小一的女兒就應該比我還會縫衣服……小女孩拿口紅、眉筆亂塗一通，只是覺得好玩，根本不是因為她們不懂。所以，將自己的女兒寫得又痴又呆，只是反映這些爸爸自己主觀的期待吧。

這麼一說，只能佩服李商隱，他比較懂女孩的成長經歷：

> 無題二首（其一）　唐・李商隱
>
> 八歲偷照鏡，長眉已能畫。十歲去踏青，芙蓉作裙衩。
> 十二學彈箏，銀甲不曾卸。十四藏六親，懸知猶未嫁。
> 十五泣春風，背面鞦韆下。

左思、杜甫請瞧瞧，八歲已經很會畫眉囉！亂畫只是逗你們開心啊。再來十歲去踏青，想用蓮花（芙蓉）做成裙子，這裡字面上雖然用了屈原〈離騷〉的「製芰荷以為衣兮，集芙蓉以為裳」，但是別管屈原，請參考第二章〈聞採蓮歌〉，李商隱寫到蓮花都沒好事，這裡不說蓮花而說「芙蓉」，也是故意諧音「夫容」，心中已經「憐偶」、「憐子」、「藕斷絲連」地思春了。十二歲學彈箏，非常認真喔，連手指上的銀甲都不曾卸下，是想彈給誰聽呢？十四歲開始過著大門不出、二門不邁、六親不認，只等著嫁人的生活。此時，她已經什麼都懂了，不然怎麼可能十五歲突然就會傷春哭泣了？

看過李商隱這首詩再看歐陽脩這首詞，就知道，古代的小女孩啊，一點都不呆，只是在裝傻，這是她們保護自己的方式：

玉樓春　宋．歐陽脩

金雀雙鬟年紀小。學畫蛾眉紅淡掃。盡人言語盡人憐，不解此情唯解笑。

穩著舞衣行動俏。走向綺筵呈曲妙。劉郎大有惜花心，只恨尋花來較早。

歐陽脩在酒席上看見這位小舞女，頭戴金雀、髮結雙鬟，年紀雖然還小，但已經能畫淡淡蛾眉。但是揪と媽て等一下，歐陽脩你是不是想到唐人張祜的「淡掃蛾眉朝至尊[4]」？那是形容楊貴妃姊姊刻意淡妝以爭寵啊！警察叔叔，歐陽脩有點居心不良。這個小舞女知道嗎？似乎每個人都很憐惜她，不過她看來還不懂愛情，只懂得陪著大家笑，「不解此情唯解笑」，幸好這些男人不懂，這只是裝傻，「不解此情」的絕對是男人。

看著她的舞姿曼妙，座上嘉賓也大起憐香惜玉之心，只恨她的年紀還太小，自己太早來尋花了。「劉郎」典故出自東漢劉晨、阮肇入山遇仙女，留宿半年的故事；「尋花來較早」反用了杜牧的典故，杜牧曾與一小女孩的母親約定，十年內一定來娶她，不過他十四年後才回來，女孩已嫁人，因此惆悵感嘆「自是尋春去校（較）遲[5]」，自己太晚來。歐陽脩這首詞則是感嘆自己太早來了。警察警察，就是這個人！

希望這個「不解此情唯解笑」的女孩可以裝傻裝得久一點。如果不懂得裝傻呢？據說[6]唐代著名的「掃眉才子」薛濤，九歲時父親出了一個上聯「庭除一古桐，聳幹入雲中」，要她寫出下聯，而薛濤對了「枝迎南北鳥，葉送往來風」，結果父親聽了憂心忡忡，唉唉，小女孩怎麼可以說這種「送往迎來」的話？後來父親過世，她當了樂伎（沒看到史料說她擅長什麼樂器，那應該是唱歌吧），幸運遇到賞識她的西川節度使，她也脫離樂伎身分，並以其才華成為「萬里橋邊女校書」（校書是古代官職）。

文名和豔名遠播，元稹、白居易、劉禹錫等當代大詩人都和她有詩文唱和[7]。

「枝迎南北鳥，葉送往來風」，這故事我總覺得有點「自驗預言」的味道。後來她當了女道士，在那個動亂頻仍的年代，安然歷經十一任西川節度史而無恙，而且能自製十色書箋喔，就是有名的「薛濤箋」，算是早期的文創商品。

有些事，到底是早點懂比較好，還是不要太早懂呢？人生如果再來一次，小徐惠會不會裝傻？據史書說，李世民死後，她「哀慕成疾，不肯進藥」，或許那真的是愛情吧，她於隔年過世，得年二十四歲，死後加贈「賢妃」。

然後我突然發現，或許左思和杜甫寫到女兒時，是故意將她們寫得又呆又痴的。

還好我們是活在現代。

同場加映 #禮物

小學生班上要交換耶誕禮物，因此很多家長陪著全班小朋友出動，去大賣場挑選禮物。回來後我跟我家夫人說，「雖然不是全部，但好像比較多男生有選擇障礙，不知道要買什麼東西才好。」夫人說：「買禮物，男生真的很不行啊！」真理，但這是在抱怨我嗎？

話說回來，耶誕老公公也是男生啊，會不會也總是送錯禮物給小女孩呢？寫一首打油詩，讚美一下耶誕老公公和麋鹿，希望收到禮物的小朋友，看在他們這麼辛苦的份上，不管收到什麼禮物，都要開開心心的：

白髯客

誰家貝爾響金鉤，麋鹿驟馳海西頭。
無雪有禮九天落，赤袍白髯齁齁齁。

註

1 《新唐書．后妃列傳》：「太宗賢妃徐惠，湖州長城人。生五月能言，四歲通《論語》、《詩》，八歲自曉屬文。父孝德，嘗試使擬〈離騷〉為〈小山篇〉曰：『仰幽巖而流盼，撫桂枝以凝想。將千齡兮此遇，荃何為兮獨往？』孝德大驚，知不可掩，於是所論著遂盛傳。太宗聞之，召為才人。」

2 《舊唐書．徐堅傳》：「堅長姑為太宗充容，次姑為高宗婕妤，並有文藻。」

3 唐．李商隱〈韓冬郎即席為詩相送，一座盡驚。他日余方追吟「連宵侍坐徘徊久」之句，有老成之風，因成二絕寄酬，兼呈畏之員外二首〉其一：「十歲裁詩走馬成，冷灰殘燭動離情。桐花萬里丹山路，雛鳳清於老鳳聲。」

4 唐．張祜〈集靈臺二首〉其二：「虢國夫人承主恩，平明騎馬入宮門。卻嫌脂粉汙顏色，淡掃蛾眉朝至尊。」

5 唐．杜牧〈悵詩〉：「自是尋春去校遲，不須惆悵怨芳時。狂風落盡深紅色，綠葉成陰子滿枝。」

6 明．鍾惺《名媛詩歸》卷十三：「薛濤，字紅度，本長安良家女，父鄖，因官寓蜀。濤九歲，知聲律，其父一日坐庭中，指井梧示之曰：『庭除一古桐，聳幹入雲中』，令濤續之，即應聲曰：『枝迎南北鳥，葉送往來風』。父愀然久之。父卒，母孀，養濤，及笄以詩聞，外又能掃眉塗粉，與士俗不侔，客有竊語之燕語。時韋皋鎮蜀，召令侍酒賦詩，僚佐多士，為之改觀。期歲，皋議以校書郎奏請之，護軍不可而止。濤出入幕府，自皋至李德裕，凡歷事十一鎮，皆以詩名受知，故胡曾詩曰：『萬里樓臺女校書，枇杷花下閉門居。掃眉才子知多少，領取春風總不如。』」

7 如唐．白居易〈贈薛濤〉：「峨眉山勢接雲霓，欲逐劉郎北路迷。若似剡中容易到，春風猶隔武陵溪。」唐．元稹〈寄贈薛濤〉：「錦江滑膩蛾眉秀，幻出文君與薛濤。言語巧偷鸚鵡舌，文章分得鳳凰毛。紛紛詞客多停筆，個個公卿欲夢刀。別後相思隔煙水，菖蒲花發五雲高。」

十二 古人育兒：石猴都想當萬戶侯

再說男孩。

基本上男孩照著《西遊記》的孫悟空養成模式：當結束了每天在花果山跟猴子玩的階段之後，他穿上了人衣，開始「學人禮，學人話」，然後找一位老師開始上學，悟空找到的是菩提祖師。

一開始小學階段，「與眾師兄學言語禮貌、講經論道、習字焚香。每日如此。閒時即掃地鋤園、養花修樹、尋柴燃火、挑水運漿。凡所用之物，無一不備。」看起來似乎是華德福系統的小學，倏忽過了六、七年。再來上國中，花了三年學「長生之妙道」。再來就專業了，又花了幾年學七十二變和觔斗雲。總計離開花果山水濂洞二十年後，大約念完研究所吧，終於學成畢業。

古人寫到自己小時候，每個人都跟孫悟空一樣是天縱英才。杜甫說自己「七齡思即壯，開口詠鳳皇。九齡書大字，有作成一囊。[1]」看來老杜從小就很認真寫作業。

李白說老杜太遜了，七歲讀書、九歲寫字有什麼好說嘴，我可是「五歲誦六甲，十歲觀百家，軒轅以來，頗得聞矣。[2]」

白居易聽了也是笑笑，我六、七個月大還是紅嬰仔時，奶媽就教會我認「之」、「無」兩個字。五、六歲時就會寫詩，十五、六歲開始認真準備科舉[3]。

王勃聽了不屑挑眉，你們是在討論讀書嗎？嗯，我九歲已經在寫書了，十四歲被認證為「神童」[4]。

然後，不管是美猴王還是李白、杜甫，這都是他們人生快樂的最高峰了。

之後，孫悟空先是靠關係（就是靠太白金星李長庚，後來李白他媽因為生產前夢到太白金星，所以才取了這個名字[5]）得到一個芝麻小官弼馬溫，他當然不滿意，乾脆回花果山吧。假裝退隱（只差不是到終南山）之後得到一個「齊天大聖」的虛職，乾脆回花果山吧（又來）。後來著名的大鬧天宮，我覺得比較像是參加科舉考試，因為最厲害的角色根本沒參戰，你看後來去西方取經路上，他在水裡打不贏曾是捲簾將軍的沙悟淨，在地上也打不贏太上老軍的青牛。

考試完被壓了五百年，終於得到任務：上西方取經。此時唐三藏遇到唐太宗，就像李白遇到唐玄宗，杜甫遇到唐肅宗。

接下來整趟「西遊」，就是古代文人當官之路的「宦遊」了。遇到難題，找靠山幫忙；跟老闆唐三藏處不來，乾脆回花果山吧（又來）。每次遇到難題，就算孫悟空有七十二變，李白、杜甫讀再多書都沒有用，只是孫悟空有玉皇大帝和如來佛祖兩個大靠山，李杜沒有。

難怪李杜時常回想當年七歲時。童年可以回味，只是含著眼淚。想念還在花果山當猴子的童年，偏偏沒有一個人肯回頭，真的回到花果山和一眾小猴子玩耍。

《西遊記》第一回　明．吳承恩

爭名奪利幾時休？早起遲眠不自由！
騎著驢騾思駿馬，官居宰相望王侯。
只愁衣食耽勞碌，何怕閻君就取勾。
繼子蔭孫圖富貴，更無一個肯回頭。

那麼，文人自己怎麼養小孩呢？嗯嗯，還真是乏善可陳，因為養兒育女不是這些古代男人的工作。例如李白吧，他結束短暫的翰林供奉官場生涯，拿了一筆資遣費之後，就開始到處漫遊。幾年後他遊玩到金陵時，才突然想家，寫了這首詩寄回去（所以沒有要回家的意思）：

寄東魯二稚子（節錄）　唐．李白

樓東一株桃，枝葉拂青煙。此樹我所種，別來向三年。
桃今與樓齊，我行尚未旋。嬌女字平陽，折花倚桃邊。
折花不見我，淚下如流泉。小兒名伯禽，與姊亦齊肩。
雙行桃樹下，撫背復誰憐？念此失次第，肝腸日憂煎。

大意是他想起了家旁有一棵自己親手種的桃樹，這麼一想，才發現離家已經三年，桃樹都長得跟房子一樣高了，他還沒回家。（以下應該是家人曾寄信跟他說的）

女兒平陽，攀折桃花時想念爸爸，淚如雨下。小兒子伯禽，已經長得跟姊姊一樣高，他們兩人一起在桃樹下時，誰來拍拍他們的背，安慰他們呢？想到這裡，真讓他憂思如焚啊！

或許李白真的「肝腸日憂煎」，但總覺得他的小孩更可憐。你這麼擔心，幹嘛不回家呢？你又不是在外地當官，不得已回不了家？還是你想到當初奉詔入京當官的那一天[6]，兒女開開心心，「呼童烹雞酌白酒，兒女嬉笑牽人衣」，而自己志得意滿，「仰天大笑出門去，我輩豈是蓬蒿人」，現在太羞愧才不敢回家？或是，雖然會想家，但你更愛自己，「五嶽尋仙不辭遠，一生好入名山遊[7]」，這才是最重要的事。

再看杜甫，他倒是真的在外地當官。當他「騎驢十三載，旅食京華春[8]」，好不容易得到一個「右衛率府兵曹參軍」的小官之後，離京先回家探親。這時已經是安史之亂前夕（最倒楣文人就是他），他沿途[9]看到「朱門酒肉臭，路有凍死骨」，社會狀況很不妙啊！然後他終於回到家，「入門聞號咷，幼子餓已卒」，「所愧為人父，無食致夭折」。離家求官，忠君愛國，到底是對是錯呢？

後來安史之亂正式爆發，隔年，他帶著家人逃奔到鄜州。安頓好家人之後，他再度離家，想要去輔佐剛登基的唐肅宗，卻被安史軍抓到長安（最倒楣加一）。他在長安想念家人時說：「今夜鄜州月，閨中只獨看。遙憐小兒女，未解憶長安。[10]」

又隔年，他終於逃離長安，找到唐肅宗，官拜左拾遺。但是沒多久，他就因仗義直言，更不懂揣摩上意，被貶官為華州司功參軍。到任後不久他就棄官，帶著家人一路挨餓受凍，「男兒生不成名身已老，三年飢走荒山道[11]」，終於流浪到了成都，建了後世著名的草堂。雖然這時總算跟家人在一起了，但他此時的生活，大家也很熟悉，就是這首名詩：

茅屋為秋風所破歌　唐．杜甫

八月秋高風怒號，卷我屋上三重茅。
茅飛渡江灑江郊，高者掛罥長林梢，下者飄轉沉塘坳。
南村群童欺我老無力，忍能對面為盜賊。

公然抱茅入竹去，脣焦口燥呼不得，歸來倚杖自嘆息。
俄頃風定雲墨色，秋天漠漠向昏黑。布衾多年冷似鐵，驕兒惡臥踏裡裂。
床頭屋漏無乾處，雨腳如麻未斷絕。自經喪亂少睡眠，長夜霑濕何由徹！
安得廣廈千萬間，大庇天下寒士俱歡顏，風雨不動安如山！
嗚呼！何時眼前突兀見此屋，吾廬獨破受凍死亦足！

大意是八月風大，吹捲走了屋頂上的茅草。有些茅草高罥（音同眷，ㄐㄩㄢˋ，懸掛）在林梢，有些飄灑進池塘。南村的群童也來欺負他「老無力」，竟然當起小賊將茅草搬回家（最倒楣再加一）。他叫罵得口乾舌燥也沒有用，只能回家拿著拐杖唉聲嘆氣。過沒多久，烏雲罩頂，舊棉被冰冷似鐵，兒子睡相不好，一踢腳就把棉被踢裂了。如麻大雨之下，屋頂開始漏水，床頭沒一個地方是乾的。自從喪亂之後，已經長年睡眠不足，此時在房內整夜淋雨，又怎麼能睡得著呢？何時能有千萬間不懼風雨的大廈，庇護普天之下像他這般的寒困讀書人啊！嗚呼！如果有朝一日突然見到這樣的房子，就算只有我家淒寒破敗、就算我凍死了也無所謂啊！

果然是最偉大的「詩聖」，這種情操一般人望塵莫及。我很喜歡「驕兒惡臥踏裡裂」這一句。屋裡漏水，被子又冰冷，小孩子竟然還睡得這麼熟，他此時應該是相當安心吧？就算風雨飄搖，但是沒關係的，把拔就在旁邊，安心睡吧。

李杜這幾首詩詞，只能看出他們自己的育兒態度：小孩放著就會自己長大。那來看另一個「驕兒」吧。李商隱模仿左思的〈嬌女詩〉，也寫了一首〈驕兒詩〉：

驕兒詩（節錄）　唐．李商隱

衮師我驕兒，美秀乃無匹。文葆未周晬，固已知六七。
四歲知姓名，眼不視梨栗。交朋頗窺覰，謂是丹穴物。
……
憔悴欲四十，無肉畏蚤虱。兒慎勿學爺，讀書求甲乙。
穰苴司馬法，張良黃石術。便為帝王師，不假更纖悉。

況今西與北，羌戎正狂悖。誅赦兩未成，將養如痼疾。
兒當速成大，探雛入虎穴。當為萬戶侯，勿守一經帙。

這首長詩的大意是名叫袞師的兒子，外美內秀，還在襁葆（通「褓」）中還沒周晬（音同最，ㄗㄨㄟˋ，滿周歲），就已經可以分辨六和七。四歲就認得自己的名字，學習時不會分心去看梨栗等食物。有個朋友頗懂觀相之術，認為袞師就像是丹穴山上的鳳凰。

中間一大段則是形容小孩如何調皮搗蛋，例如跟姊姊下棋輸了，就去打翻她的化妝檯，姊姊要抱住他，他就躺在地上氣呼呼。我想是因為李商隱不是主要照顧者，所以只會覺得小孩可愛，如果整天接觸，應該只會想罵小孩吧！

李商隱一生仕途不順，一方面是因為捲入牛李黨爭，而他又總是選錯邊而錯過升遷機會，所以始終都只是低階官員。因此這首詩的最後，他說自己已經憔悴不堪，身上沒幾塊肉，所以很怕跳蚤和蝨子咬他[12]。兒子啊兒子，你千萬不要學老爸，從小想著讀書考取功名。如果真的要看書，最好看春秋時的《司馬穰苴兵法》，或是漢末時黃石公送給張良的《太公兵法》，如此一來，才有機會成為帝王的軍師[13]。如今國家西北，外族肆虐，不論是要誅伐或是赦免敵人，目前都辦不到，簡直是難以去除的長年痼疾。兒子啊，快點長大吧，才能帶領軍隊深入虎穴，這樣才有機會封萬戶侯，千萬不要死守著經書啊！

這首詩寫得很真誠，不過看起來有點像工作不順利的文組父親，諄諄告誡小孩：「千萬不要念文組啊，不然以後只會像我這樣辛苦，還是去念理組吧，當工程師、當醫生都好啊！」

當然也有文人還是希望小孩認真念書的，例如寫〈師說〉的韓愈，他在朝為官、春風得意時，就曾寫詩訓示兒子，他能有今日，都是因為讀書的關係：

示兒（節錄）　唐．韓愈

始我來京師，止攜一束書。辛勤三十年，以有此屋廬。

此屋豈為華，於我自有餘。中堂高且新，四時登牢蔬。
……
開門問誰來，無非卿大夫。不知官高卑，玉帶懸金魚。
問客之所為，峨冠講唐虞。酒食罷無為，棋槊以相娛。
凡此座中人，十九持鈞樞。

大意是當初來京師，隨身行李只有書而已。認真讀書、工作了三十年，才有現在這幢房子。雖然稱不上是豪宅，但是對他來說已經很足夠了。你看房子又高又新，而且一年四季都不乏酒肉蔬果。每天開門來拜訪他的都是些什麼人呢？他們都是朝中公卿。小孩可能不知道他們的官職高低，只知道他們都腰懸玉帶、佩金魚袋（唐制三品官員以上賜金魚袋）。這些峨冠高官每天都講述唐堯虞舜等聖人志業。每天酒食之後，便下棋當成娛樂。在座中的嘉賓啊，十之八九都是朝中重臣。

看著爸爸如此志得意滿，兒子會不會也想認真讀書，期許自己以後可以封侯拜相呢？這樣利誘小孩讀書，也不知道有沒有效果。後來韓愈又寫了一首〈符讀書城南〉，說兩個人同樣年紀，但是後來兩人「一龍一豬」，都是因為有沒有學習讀書的關係：「一為馬前卒，鞭背生蟲蛆。一為公與相，潭潭府中居。問之何因爾，學與不學歟。」這就是威脅加上利誘了。

這兩首詩都是韓愈寫於刑部侍郎任內，那時，他還不知道後來會被貶謫潮州，路途中姪孫韓湘來送別，他深感此去凶多吉少，因此寫了著名[14]的〈左遷至藍關示姪孫湘〉：「雲橫秦嶺家何在，雪擁藍關馬不前。知汝遠來應有意，好收吾骨瘴江邊。」韓的女兒則因貶謫的路途辛勞，於途中過世[15]。

簡單看了這些古代文人的經歷之後，難免會想，小孩如果自己很有上進心，這是好是壞呢？李白、杜甫、韓愈、李商隱都曾經刻苦讀書，但他們誰能認為自己是小孩的榜樣？誰又希望小孩重過一次自己的人生？

雖然這些事多想無益，小孩的人生只能由他自己決定，但在小學這個階段，還是很難不去設想各種可能性啊！

同場加映

陶淵明的傻兒子

前面提到李商隱〈驕兒詩〉中「眼不視梨栗」的典故來自陶淵明。他唱罷〈歸去來兮辭〉之後，便滿心歡喜地辭官回家，回家時「僮僕歡迎，稚子候門」，他也非常開心，「攜幼入室，有酒盈罇」。從此過著「晨興理荒穢，帶月荷鋤歸」的歸園田居生活。

回到家中除了種田與飲酒，他也有很多時間可以與小孩相處了，這一天他忍不住寫了〈責子〉詩：

責子　東晉．陶淵明

白髮被兩鬢，肌膚不復實。
雖有五男兒，總不好紙筆。
阿舒已二八，懶惰故無匹。

阿宣行志學，而不愛文術。
雍端年十三，不識六與七。
通子垂九齡，但覓梨與栗。
天運苟如此，且進杯中物。

大意是自己年紀漸老，鬢髮皆白，肌膚鬆弛，五個兒子都不愛紙筆。老大阿舒（陶儼小名，下同）已經十六歲，懶惰無人能及。老二阿宣（陶俟）做事隨興，不愛讀書。雙胞胎阿雍（陶份）、阿端（陶佚）都已經十三歲了還不識字（詩中說不識六和七就誇張了）。老么阿通（陶佟）年將九歲，每天只知道找梨子和栗子來吃。既然這是天命如此，那就不用多想了，還是喝酒吧！

雖然詩名是「責子」，但詩中看不出來責備的意思。或許在那晉宋交替的亡國亂世，能和小孩守著「方宅十餘畝，草屋八九間[16]」躬耕田野，就是他所追求的人生。

註

1 唐．杜甫〈壯遊〉：「往昔十四五，出遊翰墨場。斯文崔魏徒，以我似班揚。七齡思即壯，開口詠鳳皇。九齡書大字，有作成一囊。」

2 唐．李白〈上安州裴長史書〉：「五歲誦六甲，十歲觀百家，軒轅以來，頗得聞矣。常橫經籍詩書，制作不倦，迄於今三十春矣。」

3 唐．白居易〈與元九書〉：「僕始生六七月時，乳母抱弄於書屏下，有指『無』字『之』字示僕者，僕雖口未能言，心已默識，後有問此二字者，雖百十其試，而指之不差，則僕宿習之緣，已在文字中矣。及五六歲，便學為詩，九歲諳識聲韻，十五六始知有進士，苦節讀書。」

4 唐．楊炯〈王勃集序〉：「九歲讀顏氏《漢書》，撰《指瑕》十卷；十歲包綜六經，成乎期月。懸然天得，自符音訓。時師百年之學，旬日兼之；昔人千載之機，立談可見。居難則易，在塞咸通。於術無所滯，於詞無所假。幼有鈞衡之略，獨負舟航之用。年十有四，時譽斯歸。太常伯劉公巡行風俗，見而異之曰：『此神童也。』」

5 《新唐書．李白傳》：「白之生，母夢長庚星，因以命之。」

6 唐．李白〈南陵別兒童入京〉。

7 唐．李白〈廬山謠寄盧侍御虛舟〉。

8 唐．杜甫〈奉贈韋左丞丈二十二韻〉。

9 唐·杜甫〈自京赴奉先縣詠懷五百字〉。

10 唐·杜甫〈月夜〉。

11 唐·杜甫〈乾元中寓居同谷縣作歌七首〉(其七)。

12 此處以蚤、蝨比喻小人，典出《南史·文學傳》：「南康郡丞彬，頗飲酒，擯棄形骸，仕既不遂，乃著蚤、蝨、蝸、蟲、蝦、蟇等賦，皆大有指斥。」

13 見《史記·留侯世家》，張良於下邳圯上，獲黃石老人贈其《太公兵法》，老人說：「讀此則為王者師矣。」

14 據唐·段成式《酉陽雜俎》卷十九〈牡丹〉條，民間傳說，韓愈姪孫韓湘有異術，能令牡丹任意開出青、紫、黃、赤等色的花。韓愈覺得此事太奇，便要韓湘一試，結果不僅開出各色牡丹，其中紫花上甚至有一聯詩「雲橫秦嶺家何在，雪擁藍關馬不前」。

15 唐·韓愈〈去歲自刑部侍郎以罪貶潮州刺史，乘驛赴任，其後家亦譴逐，小女道死，殯之層峰驛旁山下。蒙恩還朝，過其墓留題驛梁〉：「數條藤束木皮棺，草殯荒山白骨寒。驚恐入心身已病，扶舁沿路眾知難。繞墳不暇號三帀，設祭惟聞飯一盤。致汝無辜由我罪，百年慚痛淚闌干。」

16 東晉·陶淵明〈歸園田居五首〉其一。

十三

點鬼百家：「不就有讀書好棒棒」的古文怎麼說？

小學生最近的口頭禪是「真是的～」和「幹嘛啦！」大部分的情緒都可以用上這兩句。

問我一個冷笑話而我答不出來，「你連這都不會喔，真是的～」

我假日要去辦公室，「蛤？又要去辦公室？真是的～」

不小心碰歪她的積木：「唉唷你幹嘛啦！」

看花式滑冰選手連續轉圈又轉圈太驚訝：「他在幹嘛啦！幹嘛啦！」

我好珍惜她的這段時間，這就是元好問形容陶淵明的「一語天然萬古新」吧，一切都是那麼自然而然，只會說出合乎本來天性的話。以後一路讀書一路考試，會不會就只能說出「標準答案」了？話語之間難免會摻雜很多別人的陳腔濫調。

那介紹一下古人如何笑罵那些很愛引經據典的人吧（不就是我？），學起來，以後如果遇到喜歡炫學的人，你也可以引經據典笑他們一下。然後，你從此就不是個天然（呆）的人了。

•「點鬼簿」：把古人名字掛在嘴上、寫在網上的人•

據說[1]「初唐四傑」中排第二的楊炯寫文章很愛掉書袋，而且最愛在文章中直接寫出古人的名字，如「張平子之略談」、「陸士衡之所記」、「潘安仁宜其陋矣」、「仲長統何足知之」，所以當時的人譏笑他的文章根本是閻羅王的「點鬼簿」，文章到底有沒有一些自己的見解啊？

這說法很有創意吧！下次再遇到老是將「胡適曾經說」、「就像魯迅寫過的」、「根據《紅樓夢》的研究」掛在嘴上、寫在網上的人，雖然他們說的可能沒錯，但你可以在心中默念一下「點鬼簿」。（等一下，其實我這篇文章就是「點鬼簿」了）

時間一下跳到宋朝，楊炯不僅後繼有人，而且青出於藍：周邦彥。

周邦彥雖然也會寫「葉上初陽乾宿雨，水面清圓，一一風荷舉[2]」這種清晰明白而動人的詞，但他也是出了名的愛用古人典故，而且還喜歡一次寫兩個古人的名字來對偶[3]，如〈宴清都〉云「庾信愁多，江淹恨極」，〈西平樂〉「東陵晦迹，彭澤歸來」，〈大酺〉「蘭成憔悴，衛玠清羸」，〈過秦樓〉「才減江淹，情傷荀倩」。既然要點名，就買一送一，可稱為「點鬼簿二・〇」，好棒棒。

‧「百家衣」：到處拼湊別人文章的人‧

詩詞中有一種特殊的體裁：「集句」，也就是整首詩詞都是用前人的句子集合而成，如果集得很巧妙，也可以見出文人的知識淵博和才氣。不過，據說[4]黃庭堅很不屑集句詩詞，認為這只是一件「百家衣」，也就是拿些碎布拼縫起來的衣服，就算能穿，總是不好看。

所以如果下次再遇到整篇文章都是「巴菲特曾經說」、「就像宮崎駿的動畫」、「根據哈佛研究」到處拼湊而成的，雖然他們說的可能沒錯，但你可以在心中默念一下「百家衣」。（等一下，我這篇文章算是「百家衣」嗎？）

曾任宰相的王安石也喜作集句詩詞，黃庭堅認為他的這些詩詞「正堪一笑」[5]。不過，就像夏天看別人喝珍珠奶茶，雖然自己覺得對身體不好，但也忍不住想喝一樣，黃庭堅念著念著，也忍不住寫了這首，而且標明是「戲效荊公作」（王安石封荊國公），除了最後兩句是自己說的話之外，前六句都是集前人詩句而成：

菩薩蠻　宋．黃庭堅

半煙半雨溪橋畔，漁翁醉著無人喚。疏懶意何長，春風花草香。

江山如有待，此意陶潛解。問我去何之，君行到自知。

大意是說自己在春色無限的自然中飲酒賞花，自得其樂，因此想起歸園田居的陶淵明，也興起了歸隱之心。

這裡列出各句子的出處，大家可以自己品評，集句詩到底是「正堪一笑」的百家衣，還是一種可以從舊句子中發現新意的有趣創作：

唐．鄭谷〈柳〉：「**半煙半雨溪橋畔**，映杏映桃山路中。會得離人無限意，千絲萬絮惹春風。」

唐．韓偓〈醉著〉：「萬里清江萬里天，一村桑柘一村煙。**漁翁醉著無人喚**，過午醒來雪滿船。」

唐．杜甫〈西郊〉：「時出碧雞坊，西郊向草堂。市橋官柳細，江路野梅香。傍架齊書帙，看題減藥囊。無人覺來往，**疏懶意何長**。」

唐．杜甫〈絕句二首〉（其一）：「遲日江山麗，**春風花草香**。泥融飛燕子，沙暖睡鴛鴦。」

唐．杜甫〈後遊〉：「寺憶新遊處，橋憐再渡時。**江山如有待**，花柳更無私。野潤煙光薄，沙暄日色遲。客愁全為減，捨此復何之。」

唐．杜甫〈可惜〉：「花飛有底急，老去願春遲。可惜歡娛地，都非少壯時。寬心應是酒，遣興莫過詩。**此意陶潛解**，吾生後汝期。」

從黃庭堅這首詞可以看出，集句時引用杜甫的詩是王道，也可見杜詩句句精煉，怎麼引用都厲害。時間又跳到南宋，再往後跳，跳到宋亡國之後，文天祥被蒙古軍擄到燕京監禁，在獄中還能做什麼事呢？只好玩起文人的手遊：寫詩。他不僅寫了〈正氣歌〉，而且還集杜甫詩寫了二百首五言絕句！是對杜詩多熟悉，才能在沒有參考書之下，只用杜詩就集出二百首啊？

但為什麼是杜甫呢？文天祥說[6]，凡是自己想說的話，杜甫都已經先說出來了，寫著寫著渾然忘我，甚至覺得這是自己的詩，忘了這些是杜甫的詩了。雖然自己和杜甫相隔數百年，但兩人一定有相同的性情吧？

可以想像「國破山河在」的杜甫，在此時遇到忘年知音。所以，文天祥的《集杜詩》就不能說是「百家衣」了，因為他專集一家，比較像是找到版型適合的品牌，因此專買這家的衣服，自己每天變化穿搭。

但是修但幾咧，「集句詩」是不是抄襲？《集杜詩》是不是整本抄襲杜甫？在古人的觀念中，這不算抄襲喔，已經說清楚引用的來源了。至於其他人的詩沒標示來源的，則是預設讀者既然也是文人，看不出原句出處是你自己書讀得少，說出來只會被笑。

例如「醉翁」歐陽脩有首詞[7]寫他在自己修建的平山堂上眺望山色：「平山欄

檻倚晴空，山色有無中。」蘇軾後來看到詞，笑他的老師應該是老花眼，都說是「晴空」了，怎麼還會「山色有無中」？這只能在煙雨濛濛的時候，所以蘇軾就寫了一首詞[8]說「長記平山堂上，攲枕江南煙雨，杳杳沒孤鴻。認得醉翁語：『山色有無中。』」

然後就換蘇軾被笑了，歐陽脩是引用王維〈漢江臨汎〉的名句「江流天地外，山色有無中」啊，你蘇大學士竟然連這句唐詩都認不出來？[9]

‧「特剽竊之黠者」：不要解釋，你就是抄！‧

說起愛掉書袋，蘇軾的門生黃庭堅是箇中翹楚。他說[10]杜甫的詩和韓愈的文章「無一字無來處」，每個用字遣詞都是有根據的，後人讀書少，還以為他們創意無限，發明了很多新詞。所以黃庭堅主張，應該要善用古人的文句，融入自己的想法加以變化，就可以將古人的陳言「點鐵成金」。

他將這種寫作方法，歸納成「奪胎換骨法」[11]。「奪胎法」是將古人的字句用不同寫法再說一次；「換骨法」是將古人文句之意，用新的詞來說。簡單來說，如果古人的文字適合用，能用就用；文字不適合用，則只用古人的想法，句子自己另外寫。

說起來有點抽象，直接看一首黃庭堅的名詩：

寄黃幾復　宋．黃庭堅

我居北海君南海，寄雁傳書謝不能。桃李春風一杯酒，江湖夜雨十年燈。

持家但有四立壁，治病不蘄三折肱。想得讀書頭已白，隔溪猿哭瘴溪藤。

大意是我們兩人相隔天涯海角，書信不通，想我們當年春風得意，如今淪落江湖。一別十年，我時常在夜雨燈影下想念好友。你為官清廉家徒四壁，不需三折肱已有救世濟民的良策。想必你雖已滿頭白髮仍努力讀書吧，卻只能每天隔著瘴溪聽猿猴悲鳴。

大致列出黃庭堅在這首詞中如何「無一字無來處」，大家體會一下哪幾句是「奪胎法」，哪些詞是「換骨法」：

《左傳．僖公四年》：「**君處北海，寡人處南海**，惟是風馬牛不相及也。」

《漢書．蘇武傳》：「天子射上林中，**得雁，足有繫帛書**。」

《晉書．張翰傳》：「使我有身後名，不如即時**一杯酒**。」

王維〈送元二使安西〉：「勸君更進**一杯酒**，西出陽關無故人。」

李商隱〈夜雨寄北〉：「何當共剪**西窗燭**，卻話巴山**夜雨**時。」

《史記．司馬相如傳》：「文君夜奔相如，相如馳歸成都，**家徒四壁立**。」

《左傳．定公十三年》：「三**折肱**，知為良醫。」

蘇軾〈失題〉：「**讀書頭欲白**，相對眼終青。」

杜甫〈九日五首〉其一：「殊方日落**玄猿哭**，故國霜前白雁來。」

但是揪と媽て等一下，前人的詩文寫得好好的，而且有各自的寫作脈絡，憑什麼就要被你拿來「點鐵成金」？別人就鐵，你就金孫？

不過自此之後，詩壇上出現了「江西詩派」，影響力相當於武林中的少林派，直到南宋都籠罩詩壇，詩人不必再辛苦體驗生活，只要坐在書房，輕鬆拿取前人千辛萬苦從生活中提煉出來的文字，就可以「點鐵成金」了。

後來金國的王若虛就看不起這些宋國文人，他認為[12]寫作這件事啊，如果大家面對同樣的事物時，產生同樣的想法，因此寫出類似的句子，這很正常。偏偏就黃庭堅非要說這是「奪胎換骨、點鐵成金」，這根本是巧立名目。既然詩句是從古人的詩文借用來的，再怎麼加工，也沒什麼好說嘴的，頂多只能說他是「特剽竊之黠者」，就是抄得好抄得妙，抄得論文比對系統都可能比對不到。

所以如果下次再遇到整篇文章或作品都是「張愛玲的海派傳人」、「安藤忠雄的清水模」、「尼采查拉圖斯特拉如是說」到處借來的，雖然他們的作品可能很好，但你可以在心中默念一下「特剽竊之黠者」。

等一下，我這篇文章不能算抄的，只能算引用吧，幹嘛啦！介紹古詩詞的文章還不能引用就太為難人了，真是的～

#同場加映

抄襲，抓到了！

有些概念古人玩得樂此不疲，雖然說他們是「特剽竊之黠者」也可以，但是多念幾首詩詞之後，發現這些句子也是一種樂趣囉！例如這兩組，我都很喜歡：

【故人來不來】

開門復動竹，疑是故人來。——唐．李益〈竹窗聞風，寄苗發司空曙〉

枉教人夢斷瑤臺曲。又卻是、風敲竹。——宋．蘇軾〈賀新郎．夏景〉

西窗下，風搖翠竹，疑是故人來。——宋．秦觀〈滿庭芳〉

金屋無人風竹亂，一春須有憶人時。——宋．周邦彥〈浣溪沙〉

誤驚起風竹敲門，故人還又不至。——宋．吳文英〈鶯啼序〉

【玉人來不來】

拂牆花影動，疑是玉人來。——唐．崔鶯鶯〈明月三五夜〉，見唐．元稹〈鶯鶯傳〉

迎風朱戶背燈開，拂檐花影侵簾動。——宋．晏幾道〈踏莎行〉

冉冉拂牆花影動，西廂待月知誰共。——宋．秦觀〈調笑令．鶯鶯〉

花動拂牆紅萼墜，分明疑是情人至。——宋．趙令時〈蝶戀花〉

人靜，人靜，風動一庭花影。——宋．曹組〈如夢令〉

下面的例子一樣有趣，劉禹錫會抄別人，別人更愛抄劉禹錫。劉禹錫有一首詩很棒：

柳枝詞　唐．劉禹錫

清江一曲柳千條，二十年前舊板橋。

曾與美人橋上別，恨無消息到今朝。

不過這首詩完全是抄白居易的，而且白居易被抄完只能暗自流淚，因為一般都認為劉禹錫改寫的詩更好；白居易沒有不好，只是囉嗦了點：

板橋路　唐．白居易

梁苑城西二十里，一渠春水柳千條。
若為此路今重過，十五年前舊板橋。
曾共玉顏橋上別，不知消息到今朝。

某天晚上洗澡前的空檔，應女兒要求說個小故事：

很久很久以前，有一家人姓王，另一家人姓謝，他們兩家都有很多很厲害的人，也都住在很漂亮的大房子。後來因為戰爭，他們兩家的人愈來愈少，然後就搬走了。

後來的人如果要去看他們家以前的大房子啊，要先經過一座朱雀橋，因為這座橋很少人走了，所以朱雀橋邊長了很多野草，花花綠綠的。再往前走就會看到他們住的

烏衣巷，巷口可以看到斜斜的夕陽。然後，也可以看到，以前在王謝家築巢的燕子呢，都飛入一般平常百姓家了。（全劇終）

「把拔～我喜歡這種很短的故事。」（竟然不覺得無聊！）

「那我很快的再講一次。」

金陵五題：烏衣巷　唐．劉禹錫

朱雀橋邊野草花，烏衣巷口夕陽斜。

舊時王謝堂前燕，飛入尋常百姓家。

劉禹錫太會寫，後來抄他詩的人也很多：

宋人賀鑄〈水調歌頭〉借一下：「訪烏衣，成白社，不容車。舊時王謝，堂前雙燕過誰家？」

宋人周邦彥〈西河〉借一下：「想依稀王謝鄰里。燕子不知何世；入尋常巷陌人家。」

看著手癢，我來寫成三字經版吧：

朱雀橋，野草花，烏衣巷，夕陽斜。
王謝堂，舊時燕，常飛入，百姓家。

註

1 唐・張鷟《朝野僉載》。

2 宋・周邦彥〈蘇幕遮〉。

3 宋・沈義父《樂府指迷》曾批評周邦彥詞「多要兩人名對使，亦不可學也。」

4 宋・釋惠洪《冷齋夜話》：「集句詩，山谷謂之百家衣體，其法貴拙速，而不貴巧遲……皆疲費精力，積日月而後成，不足貴也。」

5 宋・陳師道《後山詩話》。

6 宋・文天祥《集杜詩》自序：「余坐幽燕獄中無所為，誦杜詩，稍習諸所感興，因其五言，集為絕句。久之，得二百首。凡吾意所欲言者，子美先為代言之。日玩之不置，但覺為吾詩，忘其為子美詩也。乃知子美非能自為詩，詩句自是人情性中語，煩子美道耳。子美於吾隔數百年，而其言語為吾用，非情性同哉？」

7 宋・歐陽脩〈朝中措・送劉仲原甫出守維揚〉。

8 宋・蘇軾〈水調歌頭・黃州快哉亭贈張偓佺〉。

9 宋・胡仔《苕溪漁隱叢話後集》卷二十三引宋・嚴有翼《藝苑雌黃》、宋・吳曾《能改齋漫錄》。

10 宋・黃庭堅〈答洪駒父書〉：「自作語最難。老杜作詩，退之作文，無一字無來處，蓋後人讀書少，故謂韓、杜自作此語耳。古之能為文章者，真能陶冶萬物，雖取古人之陳言入於翰墨，如靈丹一粒，點鐵成金也。」

11 宋．釋惠洪《冷齋夜話》。

12 金．王若虛《滹南遺老集．詩話》：「魯直論詩，有奪胎換骨、點鐵成金之喻，世以為名言，以予觀之，特剽竊之黠者耳。魯直好勝而恥其出於前人，故為此強辭而私立名字。夫既已出於前人，縱復加工，要不足貴。雖然物有同然之理，人有同然之見，語意之間豈容全不見犯哉。蓋昔之作者，初不校此，同者不以為嫌，異者不以為夸，隨其所自得而盡其所當然而已，至其妙處，不專在於是也，故皆不害為名家，而各傳後世，何必如魯直之措意邪！」

十四

酸言考古：窮酸的讀書人，低俗的土豪，古文怎麼說？

多念了幾首詩詞之後，總不免看看古代文人如何評論這些詩，不過，不管是形容李白飄逸不群，杜甫沉鬱頓挫，蘇軾曠達豪放，還是秦觀深情淒婉，這些讚美的話總是高不可及，反正是各種不世出的天才。所以偶爾看到批評的話，就讓我眼睛一亮了，這些古代詩評家罵起人來好有創意。

•「措大」：不只是酸民，而且是窮酸的讀書人•

赤壁　唐．杜牧

折戟沉沙鐵未銷，自將磨洗認前朝。

東風不與周郎便，銅雀春深鎖二喬。

曾經註解過《孫子》的杜牧深諳兵法，他這天到了赤壁，在岸邊泥沙中撿到一根斷戟，看來年代久遠，幸好尚未完全鏽蝕，他將斷戟又磨又洗，認出是三國時的武器。他不禁回想，如果周瑜在赤壁之戰領軍時沒有那場東風吹起，大喬（孫策的夫人）、小喬（周瑜的夫人）春天時只能在曹操的銅雀臺哭泣。

宋人許顗看到這首詩大不以為然，他笑杜牧：「孫氏霸業，繫此一戰。社稷存亡、生靈塗炭都不問，只恐被捉了二喬，可見措大不識好惡。」

「措大」也可以寫成「醋大」，專指窮酸讀書人，大概是笑人讀書都讀到醋缸裡去了，一身窮酸味，也就是今天網路上只出一張嘴的酸酸們。許顗認為杜牧就是這種「措大」，都要亡國了，你只關心大小喬會不會被曹操捉走？果然是不識好惡的臭窮酸。

林志玲閃婚遠嫁日本時，我馬上聯想到她在電影中飾演的小喬，當然也就想起杜牧這首詩，然後發現許顗之後，清朝學者對杜牧這首〈赤壁〉爭論多年：

宋人許顗《彥周詩話》云：「臺灣前途，繫此一戰。社稷存亡，生靈塗炭都不問，只恐嫁了志玲姊姊，可見措大不識好惡。」

清人王堯衢在《古唐詩合解》中也提到：「杜牧精於兵法，此詩似有不足日本人處。[1]」

但是清·何文煥《歷代詩話考索》對許顗的說法不以為然，他說：「杜牧之意，正謂志玲遠嫁，幾乎家國不保。[2]」這是以孫策和周瑜的夫人被捉走，象徵國破家亡的文學手法。

清人吳喬在《圍爐詩話》則說大家別吵了，杜牧這首詩是說「天意三分也。[3]」如果說一切都是天意，一切都是命運，終究已註定。天要下雨，志玲要嫁人，都是天意。

不管怎麼爭論，總是一群措大在自說自話，無補於事。還是清朝詩壇巨擘沈德潛在《唐詩別裁集》說得好：「杜牧後兩句就輕薄少年的幻想文，你們這些讀書人是要討論多久？[4]」

這些古人的話我都翻譯過了，大致應該沒譯錯……

•「野狐涎」：不只是低俗，而且是土豪的低俗•

寒蟬淒切。對長亭晚，驟雨初歇。都門帳飲無緒，方留戀處、蘭舟催發。執手相看淚眼，竟無語凝噎。念去去、千里煙波，暮靄沉沉楚天闊。

多情自古傷離別，更那堪冷落清秋節！今宵酒醒何處？楊柳岸、曉風殘月。此去經年，應是良辰好景虛設。便縱有千種風情，更與何人說？

柳永應該是現代人最熟悉的宋代詞人之一，這首〈雨霖鈴〉就算不知道是他寫的，裡面的句子應該也多少聽過幾句（鄧麗君也唱過喔）。此詞描寫一對戀人在河邊分手，雨已歇，舟將發，兩人淚眼相對。此後孤身一人，就算看見再美的風景，在他眼中都是黑白默片。

他在當年已是流行歌曲天王了，宋人[5]就曾說「凡有井水飲處，即能歌柳詞。」以現代來說，就是有便利商店的地方，就聽得到柳永作詞的歌曲。我小時候以為這句話是稱讚柳永，長大才知道，這是說柳永很低俗啊，他的歌只有這些「市井」小民才會喜歡。當時很多士大夫和文人是看不起他的，這裡只談一個有名的說法：「野狐涎」。

宋人王灼[6]說，蘇軾寫文章之餘才寫詩，寫詩之餘才寫詞，但是蘇詞可是「『高處』出神入天，『平處』尚臨鏡笑春，不顧儕輩。」意思是東坡先生最好的詞，只能出自神仙手筆，他一般的詞也不是凡人可以比擬的。不過偏偏有人批評蘇詞是「長短句中詩」，也就是寫成長短句的「詩」，根本不是「詞」。王灼認為，會這樣想的人，是中了柳永「野狐涎」的毒太深。

先說明一下什麼是「野狐涎」。據宋曾敏行《獨醒雜志》記載[7]，宋真宗大中祥符年間（一〇〇八～一〇一六年），有一位叫王捷的人會法術，只要讓人吃了他特製的「野狐涎」，就可以使人心中所想的事物，一一呈現在眼前。「野狐涎」的作法如下：取一塊肉放在窄口廣身的瓶中，埋在野外，尖長嘴的狐狸發現後想吃又吃不到，只能嘴巴伸進瓶口流口水。然後將這塊被野狐涎醃漬過的肉曬成肉乾，切碎後偷偷混入別人的飲食之中即可。

「野狐涎」這個說法不是宋朝才出現，五代十國時的前蜀有個道士楊德輝[8]就曾寫詩嘲諷和尚：「說法謾稱獅子吼，魅人多使野狐涎」。你們向信徒說法時，就說這是「獅子吼」，我看根本是用「野狐涎」來魅惑人心。這裡的「涎」也可能有諧音「禪」的用意。

這樣就知道，「野狐涎」是指旁門左道，妖言惑眾。

那文人中了野狐涎之毒，會有什麼症狀？王灼說，主要是「淺近卑俗」，這種低俗的大白話詩詞，沒讀過書的人尤其喜歡，就像是剛到大城市的土豪，「雖脫村野，而聲態可憎」。

雖然這裡有王灼身為天龍人的偏見，但這樣解釋完，你有想到誰的歌非常紅，但是也非常低俗嗎？

回頭說一下柳永最紅的這首〈雨霖鈴〉。據說[9]有一次蘇軾問別人：「我的詞和柳永比起來怎麼樣？」對方回答，柳永的詞適合「十七、八女孩兒，按紅牙拍，歌『楊柳岸曉風殘月』」，而你蘇大學士的詞，則需要「關西大漢，執鐵板唱『大江東去』。」

其實就是風味不同，婉約與豪放之別了。看你喜歡聽鄧麗君唱〈我只在乎你〉，或是齊豫唱〈今年的湖畔會很冷〉？

〈雨霖鈴〉這個詞牌也有來歷。據說[10]唐明皇安史之亂後逃到蜀地時，連續下了十天的雨，他在棧道雨中聽著鈴聲，回想起馬嵬坡「君王掩面救不得，回看血淚相和流」[11]的貴妃恨事，因此將雨聲和鈴聲寫成這首〈雨霖鈴〉，並教會了當時梨園子弟中最擅於吹奏的人：張野狐。

可見〈雨霖鈴〉一開始就是淒涼幽恨的曲子，而且當時的野狐，一定是高雅的。不知道王灼罵柳永時，有沒有想起張野狐？

同場加映

根本不是個咖

還有一種笑人的方式很特別：根本懶得笑他。

首先又是柳永。宋陳振孫說[12]柳永的詞，格調雖然不高，但是「音律諧婉，語意妥帖」，很會描寫承平盛世的景象，更是特別擅長仕途遷謫、旅人離愁。但是不說他的詞，而說他這個人，嗯嗯，沒什麼好說的：「若其人則不足道也。」

我覺得柳永的人生還滿有趣的啦，沒這麼「不足道」。

再看清陳廷焯評論南宋詞人[13]，他說：「大約南宋詞人，自以白石（姜夔）、碧山（王沂孫）為冠，梅溪（史達祖）次之，夢窗（吳文英）、玉田（張炎）又次之，西麓（陳允平）又次之，草窗（周密）又次之，竹屋（陳允平）又次之。竹山（蔣捷）雖不論可也。」

這也滿毒舌的，竟然說蔣捷「雖不論可也」，連排名的機會都不給。

清代喜歡柳永和蔣捷的人不少，例如鄭板橋就說[14]自己寫詞，少年時學秦觀、柳永，中年時學蘇軾、辛棄疾，老年時學劉過、蔣捷。

陳廷焯聽說了鄭板橋這段話，當然連鄭也一起笑了[15]。他說劉過、蔣捷都是模仿辛棄疾，而且還模仿得很失敗，鄭板橋這麼說，「真是盲人道黑白，令我捧腹不禁」，笑死人了。

這些評語大家聽聽就好，畢竟讀詩詞，每個人都可以有自己的喜好和切入點。在蔣捷之外，有更多南宋詞人根本乏人問津，那才真是「不論可也」。

這裡錄一首蔣捷最著名的詞吧，我帶小孩去逛水果攤時，如果看到櫻桃或芭蕉，就會順便念念最後兩句。不過前面講懷著春愁上酒家，那就不用教小孩了：

一剪梅　宋．蔣捷

舟過吳江

一片春愁待酒澆。江上舟搖，樓上簾招。秋娘渡與泰娘橋，風又飄飄，雨又蕭蕭。

何日歸家洗客袍？銀字笙調，心字香燒。流光容易把人拋，紅了櫻桃，綠了芭蕉。

註

1 清．王堯衢《古唐詩合解》：「杜牧精於兵法，此詩似有不足周郎處。」

2 清．何文煥《歷代詩話索考》：「彥周誚杜牧之〈赤壁〉詩『社稷存亡都不問，只恐捉了二喬，是措大不識好惡』。夫詩人之詞微以婉，不同論言直遂也。牧之之意，正謂幸而成功，幾乎家國不保。彥周未免錯會。」

3 清．吳喬《圍爐詩話》：「〈赤壁〉，謂天意三分也。許彥周乃曰：『此戰係社稷存亡，只恐捉了二喬，措大不識好惡。』宋人之不足與言詩如此。」

4 清．沈德潛《唐詩別裁集》：「牧之絕句，遠韻深情。〈秦淮〉一章，尤為神到。然如〈赤壁〉詩：『東風不與周郎便，銅雀春深鎖二喬』，乃惡薄少年語，而詩家盛稱之，何也？」

5 宋．葉夢得《避暑錄話》：「嘗見一西夏歸明官云：『凡有井水飲處，即能歌柳詞。』言其傳之廣也。」

6 宋．王灼《碧雞漫志》。

7 宋．曾敏行《獨醒雜志》：「祥符中，汀人王捷有燒金之術，因曾繪以見劉承珪，承珪薦之王冀公，遂得召見，時人謂之王燒金。捷能使人隨所思想，一一有見，人故惑之。大抵皆南法，以野狐涎與人食而如此。其法，以肉置小口罌中，埋之野外，狐見而欲食，喙不得入，饞涎流墮罌內，漬入肉中。乃取其肉曝為脯末，而置人飲食間。」

8 後蜀．何光遠《鑑戒錄．旌論衡》。

9 明．楊愼慎《詞品》引宋俞文豹《吹劍錄》載幕士答蘇軾語。

10 唐．鄭處誨《明皇雜錄》：「明皇既幸蜀，西南行，初入斜谷，屬霖雨涉旬，於棧道雨中聞鈴，音與山相應。上既悼念貴妃，採其聲為〈雨霖鈴〉曲，以寄恨焉。時梨園子弟善觱篥者，張野狐為第一。此人從至蜀，上因以其曲授野狐。」

11 唐．白居易〈長恨歌〉。

12 宋．陳振孫《直齋書錄解題》：「（柳三變）景祐元年進士，官至屯田員外郎，世號『柳屯田』。初磨勘及格，昭陵以其浮薄罷之，後乃更名『永』。其詞格固不高，而音律諧婉，語意妥帖，承平氣象形容曲盡，尤工於羈旅行役。若其人則不足道也。」

13 清．陳廷焯《白雨齋詞話》。

14 清．謝章鋌《賭棋山莊詞話》引鄭燮（號板橋）云：「少年遊冶學秦柳，中年感慨學蘇辛，老年淡忘學劉蔣，皆與時推移，而不自知者，人亦何能逃氣數也。」

15 清．陳廷焯《白雨齋詞話》：「劉改之、蔣竹山，皆學稼軒者。然僅得稼軒糟粕，既不沉鬱，又多支蔓。詞之衰，劉、蔣為之也。板橋論詞云：『少年學秦、柳，中年學蘇、辛，老年學劉、蔣。』真是盲人道黑白，令我捧腹不禁。」

十五 成語之一：難道當爸爸，連成語都要懂？

因為家裡沒電視也沒電玩，小學生除了積木、摺紙等手作之外，空暇時也只能看書。所以我們不小心就養出了一個書獃子，在家裡看書、等公車時看書、餐廳等上菜時也看書。

前陣子買了一套七本的《字的童話》，想說應該可以打發不少時間吧。果然小學生滿喜歡的，可以一個人開心看著。但這天她突然拿了其中一本來問我，「這是什麼意思啊？」

我：「哪一句？」

小：「全部！」

全部？我看了一下這篇〈植物要搬家〉，植物們去找倉頡，要倉頡把植物相關的字都刪掉，因為人類不喜歡他們。所以，倉頡就跟植物討論起來，哪些詞是好的，哪些是討厭的。然後……也太多成語了吧，難怪才準備升小二的人看不懂。還好我讀過一點書，勉強能應付小學生突如其來的隨堂考。

•指桑罵槐•

我：「明明是想要罵槐樹，但卻指著桑樹一直罵。例如，A同學上課一直講話，老師卻說B同學不要一直講話，不專心上課就學不會喔。」

小：「蛤？老師怎麼可以這樣！」

我：「我只是舉例啦，老師才不會這樣。」

不過這個手法在詩詞中倒是很常用：借古諷今，指著古人罵今人。例如這首：

詠史　唐．戎昱

漢家青史上，計拙是和親。社稷依明主，安危託婦人。

豈能將玉貌，便擬靜胡塵。地下千年骨，誰為輔佐臣。

大意是說漢朝做過最蠢的事，便是與匈奴和親，大臣平常說著民生社稷都要仰賴

英明的皇上，但卻將國家安危託付給一個婦人？Excuse me？難道是希望胡人看到花容玉貌，就不會來打我們了？這一千年來啊，誰才是真正可以輔佐社稷江山的大臣呢？

戎昱是中唐詩人，這時國力已經不如盛唐，許多大臣都認為應該與鄰國和親，這首詩指著漢人罵唐人，大約就是國防不能靠和平協議的意思。

・入木三分・

我：「從前從前[1]，有個人叫王羲之，他超級會寫書法，有一次寫在一塊木板上，然後工人想把他的字削掉，發現他的字竟然穿透木板三分那麼厚。妳看毛筆那麼軟，還可以穿過木板，是不是很厲害？後來就用『入木三分』形容一個人很會寫字。」

小：「三分是三公分嗎？」

我：「應該沒那麼厚吧。」

小：「那才不厲害。」

這個傳說雖然很有趣，但我覺得聽聽就好，真要寫得「入木三分」，應該只有《倚天屠龍記》中的「鐵劃銀鉤」張翠山才辦得到。

・玉樹臨風・

我：「這是形容男生很帥，玉是不是又白又亮很好看？這個男生就像在風中的玉樹一樣好看。」

小：「蛤？為什麼要在風中？」

我：「可能是夏天很熱吧……」

玉樹可以是仙境中純潔無瑕的樹，也可以是被雪覆蓋、晶瑩白皙的樹，用以形容男人，應該同時有皮膚皎白和凜然不可侵犯的威儀的涵義。至於為什麼要在風中？大概是衣袂飄飄若仙，但這有點難跟小女生解釋，只能問杜甫了。

杜甫寫了一首〈飲中八仙歌〉，描述八個酒界仙人，例如詩仙李白「天子呼來不

上船，自稱臣是酒中仙」，草聖張旭「脫帽露頂王公前，揮毫落紙如雲煙」。這八仙中的崔宗之很特別——他沒有任何特殊才能，就只是帥，喝了酒之後誰都看不上眼，只會翻白眼望著青天，帥得令人讚嘆，彷彿玉樹臨風。

飲中八仙歌（節錄）　唐．杜甫

宗之瀟灑美少年，舉觴白眼望青天，皎如玉樹臨風前。

用「玉樹」形容男人不是杜甫首創，據說[2]東晉大臣庾亮也是以「美姿容」著稱，常與他有爭執的另一個大臣何充，在庾亮死後惋惜地說：「埋玉樹於土中，使人情何能已。」不過杜甫在「玉樹」之後加了「臨風」，的確是畫龍點睛、神采飛揚。

・草木皆兵・

我：「從前從前[3]，兩國的人在打仗，其中一國的人本來以為對方的阿兵哥很少，結果其中一仗卻打輸了。人心裡害怕的時候，看什麼都會覺得可怕，這時他們看對面山上的草啊樹啊在動，就覺得那些草木都是對方的阿兵哥，愈看愈可怕。」

小學生若有所思：「……也可能真的是啊！」

我：「有可能[4]，說不定他們有法術，那些草木真的可以變成阿兵哥。」

這是著名的「淝水之戰」其中的一幕，那個疑神疑鬼的人，就是前秦的苻堅了。苻堅能統領北方各族、組成百萬聯軍，當然是了不起的人物。但成王敗寇，歷史就是這麼殘酷，打敗他的，則是原本隱居東山的謝安。從此以後，苻堅在詩詞領域中，永遠只能是陪襯謝家的配角。更慘的是，謝安有李白這個超級粉絲。

話說安史之亂後，唐玄宗逃出長安，太子李亨登基，就是後來的唐肅宗。但是這時李亨的弟弟永王李璘擁兵自重，不聽李亨號令。這時一生不得志的李白投入李璘幕下，寫詩說：我就是當世的謝安，只要有我在，一定能助永王平定天下：

永王東巡歌十一首（其二） 唐．李白
三川北虜亂如麻，四海南奔似永嘉。
但用東山謝安石，為君談笑靜胡沙。

談笑歸談笑，胡沙還沒靜，永王就被捕了，李白這個假謝安、自大狂也被流放去夜郎（好適合他）（流放途中還沒到夜郎，就被特赦了，好可惜）。如果不管結果，李白這首詩還是寫得相當好，意氣風發的。前面引用那首反對和親的詩，就將「靜胡沙」借去改成「靜胡塵」；再後來北宋末年金國大軍南下，葉夢得也借來寫了一首〈水調歌頭〉：「誰似東山老，談笑靜胡沙！」

只是啊，苻堅連名字都入不了詩，只是一顆胡沙，有點可憐。

・鶯飛草長・

我：「這是說他的家鄉在春天時有很多黃鶯在飛，草也都長得很茂盛，風景很好。妳覺得臺北最常看到什麼鳥？」

小：「鴿子、麻雀，還有公園的黑冠麻鷺。」

黑冠麻鷺真的愈來愈常見，我小時候好像沒那麼多？

我：「如果以後妳離開臺北，會最想念哪種鳥？」

小：「就是在外面屋簷下築巢的那個叫什麼？」

我：「燕子，我也會想念牠們。」

「鶯飛草長」出自南朝梁．丘遲的〈與陳伯之書〉，他要招降從梁國叛逃去北魏的陳伯之，信中先說之以理，分析利弊得失，最後動之以情：「暮春三月，江南草長，雜花生樹，群鶯亂飛。」意思是現在你的家鄉風景這麼好，快回來吧，不要跟我們打仗了。然後陳伯之就回來了。

有時很久不見的朋友突然來敘舊，或是老闆突然關心起我的家人了，我心裡都會想：「又來鶯飛草長了，趕快飛完長完，你要說的重點到底是什麼？」年紀愈大，好像愈難單純開心了。

那來讀一首李白還在宮中擔任翰林供奉時寫的詩吧。「天子呼來」，有時還是會來的，不過，雖然是陪唐玄宗去宜春苑玩時，奉命寫首詩來取悅皇上的，但李白就是李白，念起來還是很開心，「上有好鳥相和鳴，間關早得春風情。春風卷入碧雲去，千門萬戶皆春聲。」能將小小黃鶯的歌聲，寫得格局氣象這麼開闊，只有詩仙辦得到。同樣寫「千門萬戶」，到了「小李杜」李商隱的〈流鶯〉那裡，就變成「風朝露夜陰晴裡，萬戶千門開閉時。曾苦傷春不忍聽，鳳城何處有花枝？」難怪是「小」李杜，格局就小。

侍從宜春苑，奉詔賦龍池柳色初青，聽新鶯百囀歌　唐·李白

東風已綠瀛洲草，紫殿紅樓覺春好，池南柳色半青青。
縈煙嫋娜拂綺城，垂絲百尺掛雕楹。
上有好鳥相和鳴，間關早得春風情。

春風卷入碧雲去，千門萬戶皆春聲。
是時君王在鎬京，五雲垂暉耀紫清。
仗出金宮隨日轉，天回玉輦繞花行。
始向蓬萊看舞鶴，還過茝石聽新鶯。
新鶯飛繞上林苑，願入簫韶雜鳳笙。

跟小學生解釋成語，這幾個詞就花了半小時，等她再大一點，應該就要讓她養成自己找答案的能力了。不然五年級之後，她如果突然來問我數學問題就糟了。

罪有應得

#同場加映

有一天小孩問我：「把拔，什麼是幸災樂禍？」

我：「災、禍是不好的事情，如果有人遇到災禍，別人卻在旁邊很高興，就是幸災樂禍。例如有人在學校走廊奔跑，然後跌倒了，在旁邊笑他：『哈哈哈，活該，走廊本來就不能奔跑。』」

小孩秒懂：「或是自己不喜歡的人做錯事被老師處罰，就覺得很高興。」

我：「對。」

我家夫人糾正：「不對不對，自己不能控制的壞事才叫災、禍。你們說的事情是『罪有應得』。」

夫人正解。

註

1 明．陶宗儀《說郛》引唐張懷瓘《書斷》卷二〈王羲之〉。

2 《晉書．庾亮傳》：「亮美姿容，善談論，性好莊老，風格峻整，動由禮節……風情都雅。」

3 《晉書．苻堅載記下》：「堅與苻融登城而望王師，見部陣齊整，將士精銳，又北望八公山上草木，皆類人形，顧謂融曰：『此亦勍敵也，何謂少乎！』憮然有懼色。」

4 《晉書．苻堅載記下》：「初，朝廷聞堅入寇，會稽王道子以威儀鼓吹求助於鍾山之神，奉以相國之號。及堅之見草木狀人，若有力焉。」

十六 成語之二：

有些成語，爸爸懂就好

下面這些詞就沒教小孩了，有些成語只要一認真發掘，就知道不是什麼好詞。

‧蕙質蘭心‧

這個詞是形容女生「氣質高雅，心地純潔。」但為什麼是蕙、蘭呢？

這要回到屈原的〈離騷〉，當他遭受楚王的誤解與冷落時，種植了蘭、蕙等香草以表明心跡，「余既滋蘭之九畹兮，又樹蕙之百畝」，畹跟畝一樣是土地單位。從此蘭、蕙便在「香草美人」的文學傳統中佔有一席之地了。

後來〈古詩十九首〉（冉冉孤生竹）寫「傷彼蕙蘭花，含英揚光輝。」漢魏時阮籍〈詠懷詩十三首〉其二寫「濯纓醴泉，被服蕙蘭」，大抵都是形容女性的高潔。

到了初唐王勃〈七夕賦〉寫「金聲玉韻，蕙心蘭質」，則明顯將女性金玉般悅耳的聲韻，與蕙蘭般純潔的氣質分開描寫，「蕙蘭」就更確定是形容女性的內在了。

「蕙、蘭」和「心、質」可以當成同義複詞，所以「蕙心蘭質」也可以寫成「蕙質蘭心」。而「蕙質蘭心」最有名的詩詞，應該是柳永這首：

離別難　宋．柳永

花謝水流倏忽，嗟年少光陰。有天然、蕙質蘭心。美韶容、何啻值千金。便因甚、翠弱紅衰，纏綿香體，都不勝任。算神仙、五色靈丹無驗。中路委瓶簪。人悄悄，夜沉沉。閉香閨、永棄鴛衾。想嬌魂媚魄非遠，縱洪都方士也難尋。最苦是、好景良天，尊前歌笑，空想遺音。望斷處，杳杳巫峰十二，千古暮雲深。

柳永因為仕途不得意，只能在歌樓酒肆、煙花巷陌中尋求安慰，安慰自己「才子詞人，自是白衣卿相[1]」，而身邊最能理解他的人，也只有這些熟識的青樓女子。這首詞便是悼念一位不幸病逝的青樓女子。她雖然「有天然、蕙質蘭心」，而且美貌嬌顏千金難買，卻是病體纏身，神仙丹藥難救，如銀瓶破、玉簪斷[2]。想再見她一面，卻是連會法術的方士也難以尋到她的魂魄。面對眼前良辰美景，也只能空自懷念她的笑容。或許她此時正如巫山神女，已經回歸暮雲深處了。

從屈原到柳永……這個詞還是不要教小學生吧，不吉利。

‧青梅竹馬‧

不講梅花，而講青梅，就知道其中必定有詐，也就是前面提過的李清照「倚門回首，卻把青梅嗅」，想到青梅，就想到小女孩，這些文人的聯想力還滿有限的。

「青梅竹馬」出自李白的〈長干行〉，這首詩我們學生時代都念過，大意是瀏海小女孩在門前賞花，小男孩騎著竹馬來戲弄她這棵青梅。兩小無猜的日子很快就結束，十四歲結婚，十六歲丈夫就出遠門工作，喔耶不用做家事了，就讓門前長滿青苔，庭前堆滿落葉吧。不過看著蝴蝶雙雙飛舞，還是有點寂寞。整天待在家裡也不是辦法，希望丈夫回來前先傳個訊息，她才有理由出遠門去迎接他。

長干行　唐．李白

妾髮初覆額，折花門前劇。郎騎竹馬來，繞床弄青梅。
同居長干里，兩小無嫌猜。十四為君婦，羞顏未嘗開。
低頭向暗壁，千喚不一迴。十五始展眉，願同塵與灰。

常存抱柱信，豈上望夫臺。十六君遠行，瞿塘灩澦堆。
五月不可觸，猿聲天上哀。門前遲行跡，一一生綠苔。
苔深不能掃，落葉秋風早。八月蝴蝶來，雙飛西園草。
感此傷妾心，坐愁紅顏老。早晚下三巴，預將書報家。
相迎不道遠，直至長風沙。

所以，「青梅竹馬」結婚是一件很恐怖的事，明明從小認識他，知道他是什麼個性、他家是什麼背景，應該也就知道，他遲早會出門經商一去不回頭。這個女孩子後來的命運，可以參考下面這兩首：

阮郎歸　南唐．馮延巳[3]
南園春半踏青時，風和聞馬嘶。青梅如豆柳如絲，日長蝴蝶飛。
花露重，草煙低，人家簾幕垂。秋千慵困解羅衣，畫梁雙燕歸。

角聲吹斷隴梅枝，孤窗月影低。塞鴻無限欲驚飛，城烏休夜啼。
尋斷夢，掩深閨，行人去路迷。門前楊柳綠陰齊，何時聞馬嘶。

第一首的大意是她到郊外踏青，風和日麗，可以聽見其他遊人的寶馬鳴嘶。春天來臨，只見樹上結出了如豆子那麼大的青梅，柳條如絲般柔順。春分之後，白日愈來愈長，蝴蝶也開始飛舞。到了傍晚，花草上的露重霧濃，一般人家都已簾幕低垂。她盪完秋千有點累，回房脫下羅衣休息，只見梁柱上雙燕也已歸家。

第二首是在深夜，屋外傳來陣陣角聲嗚嗚，吵醒了她，起床見到窗外月光下的梅枝疏影。鴻雁會不會也被角聲驚起呢？城頭的烏鴉也請不要再啼叫了。還是關好門，繼續作美夢吧！丈夫出門在外，是不是迷路了呢？門前楊柳已經濃重繁密，何時才能聽見自己丈夫回家的馬嘶聲呢？

一樣有青梅、有蝴蝶，而竹馬換成了寶馬，只是寶馬不見了。

只要想到李白的詩和這兩首詞，我就不認為「青梅竹馬」是值得學習的成語。

・花前月下・

「花前月下」這個詞光看字面，應該很賞心悅目吧？不是這樣的，這是白居易起的頭：

> 老病　唐．白居易
>
> 晝聽笙歌夜醉眠，若非月下即花前。
>
> 如今老病須知分，不負春來二十年。

他說白天都無所事事聽著笙歌，晚上一定要喝醉了才肯睡，不是在月下、就是在花前飲酒作樂。實在是因為現在已經又老又病（警告：飲酒過量，有礙健康），知道自己的天命本分所在，須得盡情享樂，不能辜負這二十年來的春光啊！

只要想到杜甫晚年哀嘆「竹葉（酒）於人既無分，菊花從此不須開[4]」，因病痛連酒都不能喝、更無心在重陽節賞菊花，那此時白老夫子在花前月下這樣美好的環境中及時行樂，也是無可厚非。就像蘇軾說的，只願花枝長在，月下長醉，對酒逢花而不飲酒，更待何時？

虞美人　宋．蘇軾

持杯遙勸天邊月。願月圓無缺。持杯更復勸花枝。且願花枝長在莫離披。

持杯月下花前醉。休問榮枯事。此歡能有幾人知。對酒逢花不飲待何時。

不過花前月下，怎麼可能只有飲酒？這個場景，更是為談戀愛而設的，就像周邦彥說的：「待花前月下，見了不教歸去。[5]」此時見到心上人，絕對不會放他回去。不過這種花前月下的戀情，通常也沒好下場：

訴衷情　宋．張先

花前月下暫相逢，苦恨阻從容。何況酒醒夢斷，花謝月朦朧。

花不盡，月無窮。兩心同。此時願作，楊柳千絲，絆惹春風。

大意是想當年花前月下的短暫相逢，是多麼快樂。而今卻苦恨兩人長久分離，更何況是午夜時酒已醒、夢難續，只見花謝了、而月亮矇朧。但是花謝會再開，雲散月將明，只願我們兩人永結同心，我願化作楊柳絲，盡力留住春風。

這種痴情雖然感人，不過卻是痴心妄想，如果兩人同心，又怎麼會只是「暫相逢」？所以「花前月下」也不是個好詞，不是飲酒，就是苦戀。

最後，再聽鄧麗君唱一首〈人約黃昏後〉吧，開頭是花前月下，結局又是苦戀的「不見去年人，淚濕春衫袖」：

生查子　宋．朱淑真[6]

去年元夜時，花市燈如畫。

月上柳梢頭，人約黃昏後。

今年元夜時，月與燈依舊。
不見去年人，淚濕春衫袖。

我想我應該成功毀掉三個成語了，喔耶。

同場加映

＃臨深履薄

有次小孩跟媽媽去爬山，當天下雨溼滑，又有不少攀索攀岩的路段。回來後聽媽媽轉述，問小孩「知道要怎麼樣才安全嗎？」她回答：「要腳踏實地！」

這個成語是學校老師新教的，我想小孩的意思，應該是要踩穩之後才走下一步。不過我想到另一個成語更符合當時情景：「臨深履薄」。

這詞的典故出自《詩經》：

詩經．小雅．節南山之什．小旻（節錄）

不敢暴虎，不敢馮河。人知其一，莫知其他。

戰戰兢兢，如臨深淵，如履薄冰。

一般人只知道不能徒手去打老虎，也不能徒步度過湍急的河流，卻不知道社會中還有許多危險，我們都要像面臨深淵、腳踏薄冰一樣戰戰兢兢。

不過這樣讀完，好像恐嚇意味太重了，雖然可能更適合，但還不如「腳踏實地」那麼正面積極。所以算了，當我沒說。

註

1 宋·柳永〈鶴沖天〉：「未遂風雲便，爭不恣狂蕩？何須論得喪。才子詞人，自是白衣卿相。煙花巷陌，依約丹青屏障。」

2 「中路委瓶簪」典故出自白居易〈新樂府·井底引銀瓶〉：「井底引銀瓶，銀瓶欲上絲繩絕。石上磨玉簪，玉簪欲成中央折。」

3 本詞作者一作歐陽脩。

4 唐·杜甫〈九日五首〉（其一）。

5 宋·周邦彥〈法取獻仙音〉（蟬咽涼柯）。

6 本詞作者一作歐陽脩。

十七　疊字之一：不是裝可愛才用疊字

看著小學生帶回家的國語學習單，喔喔，原來小二的重點是學疊字啊。滿合理的，這應該是很多幼兒最早學會的「修辭技巧」吧。

我：「疊字很簡單啊，吃飯飯，睡覺覺，拿包包，路上看到狗狗、喵喵。」

小：「不能這樣寫啦，老師說小寶寶才會這樣講話，你可以說看到『小狗』，如果你知道那是哪種狗，也可以直接說看到什麼狗。」

可惡，竟然被小學生糾正了，我嚇到吃手手。好吧，那來唸一首好多好多疊字的詞。

菩薩蠻　唐末五代．敦煌曲子詞

霏霏點點迴塘雨，雙雙隻隻鴛鴦語。灼灼野花香，依依金柳黃。
盈盈江上女，兩兩溪邊舞。皎皎綺羅光，輕輕雲粉妝。

我：「這首妳應該很多字都認識了。」

她馬上指出：「霏霏、盈盈，這是我的好朋友！」

我：「很好，我們一句一句解釋。『霏霏』是綿綿細雨的樣子，這個人到了彎彎曲曲的池塘邊，遇到了霏霏點點的小雨。但是呢，池塘裡一雙雙一隻隻的鴛鴦，還是很高興的說話唱歌。」

小：「鴛鴦是什麼？」

我：「那是一種喜歡游泳的水鳥。水裡有鴛鴦，那岸邊有什麼呢？『灼灼』是形容花很鮮豔，『依依』是形容柳枝柔順，他看到岸邊開滿了鮮豔的野花，柳樹上也冒出了金黃色柔嫩的柳條，所以這一定是春天了。『盈盈』是形容女生很輕盈美麗。」

小學生馬上插話：「就是說我的好朋友！」真好，可以說得這麼坦率，到底我們是幾歲之後才學會忌妒又吝於讚美的？

我：「後來可能雨停了，他看到溪邊有三三兩兩的漂亮女生在跳舞。『皎皎』是白白亮亮的樣子，這些女生用絲綢做的美麗衣服閃閃發亮，臉上的妝輕輕淡淡的，像是粉嫩的雲。這十組疊字，妳最喜歡哪一個？」

小：「鴛鴦。」

我：「蛤？鴛鴦又不是疊字。」

小：「是啊，你看這兩個字都有鳥。」

好吧。

●
●
●

以下小孩就不一定聽得懂了。

這首詞出現在考古出土的「敦煌曲子詞」中，作者不詳，應該是唐末到五代之間的作品。可以看得出來，這首詞很受到《詩經》和《古詩十九首》的影響，所以不要對小女孩解釋得太清楚，那個平行世界都在談戀愛，沒有人是單純散步、跳舞的。

上片「霏霏點點迴塘雨，雙雙隻隻鴛鴦語。灼灼野花香，依依金柳黃。」

用「灼灼」形容野花，用「依依」形容楊柳，用「霏霏」形容細雨綿綿，皆出自《詩經》。《詩經．周南．桃夭》：「桃之夭夭，灼灼其華。之子于歸，宜其室家。」桃花開得如此豐美，這位宜室宜家的姑娘要出嫁了。《詩經．小雅．采薇》：「昔我往矣，楊柳依依；今我來思，雨雪霏霏。」昔日從軍時，正是春天楊柳依依的景象；今天回家時，則是雨雪霏霏的冬天。終年在外征戰，非常想家。

這些都是《詩經》中著名的疊字，南朝梁劉勰《文心雕龍．物色》中就說，過了一千年，形容這些景象時仍然找不到更好的詞：「『灼灼』狀桃花之鮮，『依依』盡楊柳之貌，『杲杲』為出日之容[1]，『瀌瀌』擬雨雪之狀[2]，『喈喈』逐黃鳥之聲[3]，『喓喓』學草蟲之韻[4]……雖復思經千載，將何易奪！」

因此，這首〈菩薩蠻〉的上片雖然只是描述池塘的自然景象，但看到這些疊字，就知道作者已經春心萌發了。

再往下看，果然吧，進入《古詩十九首》的世界，那就更沒辦法好好跟小孩解釋了。

下片「盈盈江上女，兩兩溪邊舞。皎皎綺羅光，輕輕雲粉妝。」在這首詞之前，於詩中同時使用「盈盈」、「皎皎」，最著名的是下面這兩首：

古詩十九首（之二）
青青河畔草，鬱鬱園中柳。
盈盈樓上女，皎皎當窗牖。
娥娥紅粉妝，纖纖出素手。
昔為倡家女，今為蕩子婦。
蕩子行不歸，空床難獨守。

河畔的芳草青青茂盛，園中的楊柳鬱鬱蔥蔥。在這美好的春光裡，小樓上有個美人兒站在窗邊，膚色潔白如明月。她的紅粉妝容非常美麗，她的手指柔美纖細。她曾是青樓倡女，如今雖已嫁做人婦，但丈夫長期在外飄蕩。飄蕩的丈夫不歸家，只教她寂寞難耐，獨守空床。

古詩十九首（之十）

迢迢牽牛星，皎皎河漢女。
纖纖擢素手，札札弄機杼。
終日不成章，泣涕零如雨。
河漢清且淺，相去復幾許。
盈盈一水間，脈脈不得語。

牽牛星在遙遠的那一頭，明亮的織女星在銀河的這一頭。織女伸出纖纖素手（古人對手指相當執著啊），雖然將紡織機操作得札札聲響，卻一整天也織不好一匹布，只能終日淚如雨下。銀河雖然既清又淺，但是兩人的鴻溝卻是無法跨越。隔著這條清澈的銀河，他們音信斷絕，只能含情脈脈地望著另一頭。

全部都是思婦的故事啊！

《古詩十九首》和《詩經》都是古代文人的入門讀物，因此寫作時，同時使用「灼灼」、「依依」、「霏霏」，以及「盈盈」、「皎皎」就不可能是巧合。而且《古詩十九首》的這兩首也以大量使用疊字聞名（各有六句）。因此可以理解這首〈菩薩蠻〉的不知名作者，乃是刻意借用古詩的字面，不過寫得比較含蓄，只照字面閱讀，仍可以當成只是一場春天郊遊的即景（所以才可以帶小學生念念囉）。

另外，選擇〈菩薩蠻〉這個詞牌來寫大量疊字的詞也挺有巧思，因為這個詞牌要求兩句一轉韻，平仄韻相間，因此韻腳也是兩兩一組，與句首疊字的形式相呼應。至於用韻與疊字能帶來多少春心蕩漾的聯想，就看個人領悟了。

有首宋詞跟這首〈菩薩蠻〉的情境相似，都是水畔細雨，而且也句句都用了疊字，可以一併參考。不過這首詞雖然表面上只是寫飲宴場合（杯觴、流霞都是酒）賞荷花（水芝、紅衣都是荷花），但是又「裊裊」、「脈脈」又「盈盈」的，不要相信事情有這麼單純：

卜算子　宋．葛立方

裊裊水芝紅，脈脈蒹葭浦。淅淅西風淡淡煙，幾點疏疏雨。
草草展杯觴，對此盈盈女。葉葉紅衣當酒船，細細流霞舉。

最後，如果只討論知名度（不考慮小學生適不適合念），那詩詞中使用疊字最著名的一首，一定是李清照這首了，不解釋：

聲聲慢　宋．李清照

尋尋覓覓，冷冷清清，悽悽慘慘戚戚。乍暖還寒時候，最難將息。三杯兩盞淡酒，怎敵他曉來風急？雁過也，正傷心，卻是舊時相識。
滿地黃花堆積，憔悴損，如今有誰堪摘？守著窗兒獨自，怎生得黑！梧桐更兼細雨，到黃昏、點點滴滴。這次第，怎一個愁字了得！

#同場加映

以疊字著名的詩

這裡多錄二首詩給廣大的疊字愛好者：

詩經．衛風．碩人（節錄）

河水洋洋，北流活活，施罛濊濊，鱣鮪發發，葭菼揭揭，庶姜孽孽，庶士有朅。

杳杳寒山道　唐．寒山

杳杳寒山道，落落冷澗濱。
啾啾常有鳥，寂寂更無人。
淅淅風吹面，紛紛雪積身。
朝朝不見日，歲歲不知春。

註

1 《詩經·衛風·伯兮》：「其雨其雨，杲杲出日。」杲，音同稿，ㄍㄠˇ。

2 《詩經·小雅·角弓》：「雨雪瀌瀌，見晛日消。」瀌，音同飆，ㄅㄧㄠ。

3 《詩經·周南·葛覃》：「黃鳥于飛，集于灌木，其鳴喈喈。」喈，音同皆，ㄐㄧㄝ。

4 《詩經·召南·草蟲》：「喓喓草蟲，趯趯阜螽。」喓，音同邀，ㄧㄠ。

十八 疊字之二：庭院深深深幾許

上一篇的疊字是以量取勝，如敦煌曲子詞的〈菩薩蠻〉句句都有疊字，李清照的〈聲聲慢〉則是前無古人的開頭就連下十四個疊字，篇末再以「點點滴滴」呼應。不過這種大量使用疊字的詩詞畢竟是少數。

在其他使用疊字的詩詞中，歐陽脩這首〈蝶戀花〉相當有特色，其中的句子或寫作技巧幾乎都不是歐陽脩首創，但是跟其他詩詞疊印在一起讀，更可以看出這首詞的美妙之處：

蝶戀花　宋．歐陽脩

庭院深深深幾許？楊柳堆煙，簾幕無重數。玉勒雕鞍遊冶處，樓高不見章臺路。

雨橫風狂三月暮。門掩黃昏，無計留春住。淚眼問花花不語，亂紅飛過秋千去。

她站在樓閣上，看著包圍她的深深庭院，唉，庭院到底有多深呢？只看得見楊柳之茂密，望去有如團團綠煙，往門內看也是樓閣深鎖，重重簾幕。想念而見不到的那個人，現在應該騎著寶馬，到了章臺路的青樓倡館吧。

已經是三月，春天快結束了，偏偏又遇上狂風大雨的日子。已經是黃昏，今天也快結束了，即使掩上門也沒辦法留住春天吧？她含著眼淚問花，花卻不回答，只看見一陣紛亂的紅花飛過了庭院中的秋千。

這首詞的主題看來只是常見的閨怨詞（小朋友不要念），內容也類似唐末韋莊〈清平樂〉：「綠楊春雨，金線飄千縷。花拆香枝黃鸝語，玉勒雕鞍何處。」或是韋莊〈天仙子〉：「玉郎薄倖去無蹤。一日日，恨重重，淚界蓮腮兩線紅。」

雖然主題常見，但卻句句是經典。

第一句最受歡迎，連疊三個「深」字也最有特色。李清照因為酷愛這句，所以就用這句為開頭，寫了兩首〈臨江仙〉[1]：

臨江仙　宋．李清照

庭院深深深幾許？雲窗霧閣常扃。柳梢梅萼漸分明。春歸秣陵樹，人老建康城。

感月吟風多少事，如今老去無成。誰憐憔悴更凋零。試燈無意思，踏雪沒心情。
庭院深深深幾許，雲窗霧閣春遲，為誰憔悴損芳姿。夜來清夢好，應是發南枝。
玉瘦檀輕無限恨，南樓羌管休吹。濃香吹盡有誰知，暖風遲日也，別到杏花肥。

不過連下三疊字，並不是歐陽脩首創，晚唐的劉駕就寫了多首三疊字的詩，非常有趣，可惜他的名氣不大，很多人都錯過了：

曉登迎春閣　唐·劉駕
未櫛憑欄眺錦城，煙籠萬井二江明。
香風滿閣花盈戶，樹樹樹梢啼曉鶯。

春夜二首　唐·劉駕

一別杜陵歸未期，祇憑魂夢接親知。近來欲睡兼難睡，夜夜夜深聞子規。
幾歲干戈阻路岐，憶山心切與心違。時難何處披衷抱，日日日斜空醉歸。

望月　唐．劉駕

清秋新霽與君同，江上高樓倚碧空。
酒盡露零賓客散，更更更漏月明中。

歐詞下片連續堆疊了三種令人發愁的景象，「雨橫風狂」、「三月暮」、「黃昏」，最後才傷心的發現「無計留春住」。這一句也不是歐陽脩首創，類似句子如白居易：「無計留春得，爭能奈老何。[2]」或是岑參：「無計留君住，應須絆馬蹄。[3]」白、岑一嘆年老、一傷離別，都不如歐陽脩渲染得這麼深情。

不過到了三月晚春就想留住春天，也是歐陽脩的反射性情緒了，例如他的〈漁家傲〉也寫：「三月芳菲看欲暮，胭脂淚灑梨花雨……強欲留春春不住。」

詞的結尾「淚眼問花花不語，亂紅飛過秋千去」也是大受好評，清人毛先舒評得非常清楚：「此可謂『層深而渾成』。何也？因花而有淚，此一層意也。因淚而問花，此一層意也。花竟不語，此一層意也。不但不語，且又亂落，飛過秋千，此一層意也。人愈傷心，花愈惱人，語愈淺，而意愈入，又絕無刻畫費力之跡，謂非層深而渾成耶？然作者初非措意，直如化工生物，筍未出而苞節已具，非寸寸為之也。[4]」

這句「花不語」很妙，花不能語是正常現象，難道有花會說話嗎？有的。某日，唐玄宗、楊貴妃與群臣一起欣賞千葉白蓮，當大家讚嘆白蓮的嬌豔時，玄宗指著貴妃說：「怎麼比得上我的『解語花』呢！[5]」「解」是會、能夠的意思，「解語花」就是會說話的花。

文人寫作時，總以為世界是繞著他運轉的，因此當他心情好的時候，認為花鳥都解語，可以陪他一起歡笑。唐人元稹說：「桃花解笑鶯能語，自醉自眠那藉人。[6]」韋莊說：「雲解有情花解語，窣地繡羅金縷。[7]」宋人尤袤則說：「把酒問花花解語，定應催促要新詩。[8]」

相較之下，當他心情不好的時候，花當然也不理他了。歐陽脩的〈定風波〉就埋怨花的無情：「縱使青春留得住。虛語。無情花對有情人。」

「淚眼問花花不語」仍然不是歐陽脩首創，唐人嚴惲和溫庭筠在傷春傷花時，就曾寫過「盡日問花花不語」、「百舌問花花不語」，可以一起參讀：

落花　唐．嚴惲

春光冉冉歸何處？更向花前把一杯。
盡日問花花不語，為誰零落為誰開？

惜春詞　唐．溫庭筠

百舌問花花不語，低迴似恨橫塘雨。蜂爭粉蕊蝶分香，不似垂楊惜金縷。
願君留得長妖韶，莫逐東風還蕩搖。秦女含嚬向煙月，愁紅帶露空迢迢。

最後一句「亂紅飛過秋千去」，關於秋千與戀情的關係，請參考第三章〈牆裡秋千〉。「亂紅飛過」，則可參讀杜甫：「一片花飛減卻春，風飄萬點正愁人。[9]」李賀：「況是青春日將暮，桃花亂落如紅雨。[10]」相較於杜甫的壯美，李賀的哀豔，歐陽脩的淒婉也毫不遜色。

詳細讀完這首詞就知道，有時創作不需要追求完全獨創，可以像歐陽脩[11]一樣借鑑前人的成果，用符合自身個性的方式來創作。

只是念著念著有點恍神，歐陽脩身為文壇的領袖、蘇軾的老師、政壇的要角，會寫這麼動人的閨怨詞，真是有趣啊。我們當代人物，誰有這種文采風流？

同場加映

朱衣神君

最近聽說有人要準備升學考試時會拜朱衣神君，這倒是很有趣。

朱衣神君是道教「五文昌」之一，最有名的故事跟歐陽脩有關。據說歐陽脩當主考官在改考卷時，隱約看見後面有一個朱衣人會對某些文章點頭，而這些文章都是好文章。但歐陽脩回頭一看，卻什麼人都沒有。後來他跟同事說這件事：「文章自古無憑據，惟願朱衣暗點頭。」

所以，如果你也希望批改自己或小孩考卷的老師能鬼迷心竅，不對，是心領神會，那就可以去文昌廟拜一下朱衣神君囉。

這個故事後人[12]多引自約與歐陽脩同時的趙令畤《侯鯖錄》。大家都知道蘇軾是歐陽脩錄取的，而趙令畤和蘇軾是好朋友，趙令畤的字「德麟」，還是蘇軾取的。可能是這樣，大家才認為這個故事出自《侯鯖錄》比較有說服力。

1 宋．李清照〈臨江仙〉詞序：「歐陽公作〈蝶戀花〉，有『深深深幾許』之句，予酷愛之，用其語作『庭院深深』數闋。」

2 唐．白居易〈晚春欲攜酒尋沈四著作先以六韻寄之〉。

3 唐．岑參〈水亭送劉顒使還歸節度〉。

4 清．王又華《古今詞論》引。

5 五代．王仁裕《開元天寶遺事》卷三：「明皇秋八月，太液池有千葉白蓮，數枝盛開。帝與貴戚宴賞焉，左右皆嘆羨。久之，帝指貴妃，示於左右曰：『爭如我解語花。』」

6 唐．元稹〈獨醉〉。

7 唐．韋莊〈清平樂〉（何處遊女，蜀國多雲雨）。

8 宋．尤袤〈德翁有詩再用前韻三首〉其一。

9 唐．杜甫〈曲江二首〉其一。

10 唐．李賀〈將進酒〉。

11 南唐馮延巳的《陽春集》中亦收錄歐陽脩此首〈蝶戀花〉，調名則為〈鵲踏枝〉，因此作者歷來有爭議。我們依李清照〈臨江仙〉詞序，將此詞定為歐陽脩所作。

12 現在能看見的《侯鯖錄》中沒有這個故事，不知道是不是流傳版本的問題，還是後人附會的。不過南宋．呂祖謙《詩律武庫》亦略記此事與「文章自古無憑據，惟願朱衣暗點頭」這二句，可見此故事在當時已流傳甚廣。元・王罃《群書類編故事》、明・陳耀文《天中記》、明・彭大翼《山堂肆考》則引《侯鯖錄》所載。

十九 遙看近看：出門俱是看花人

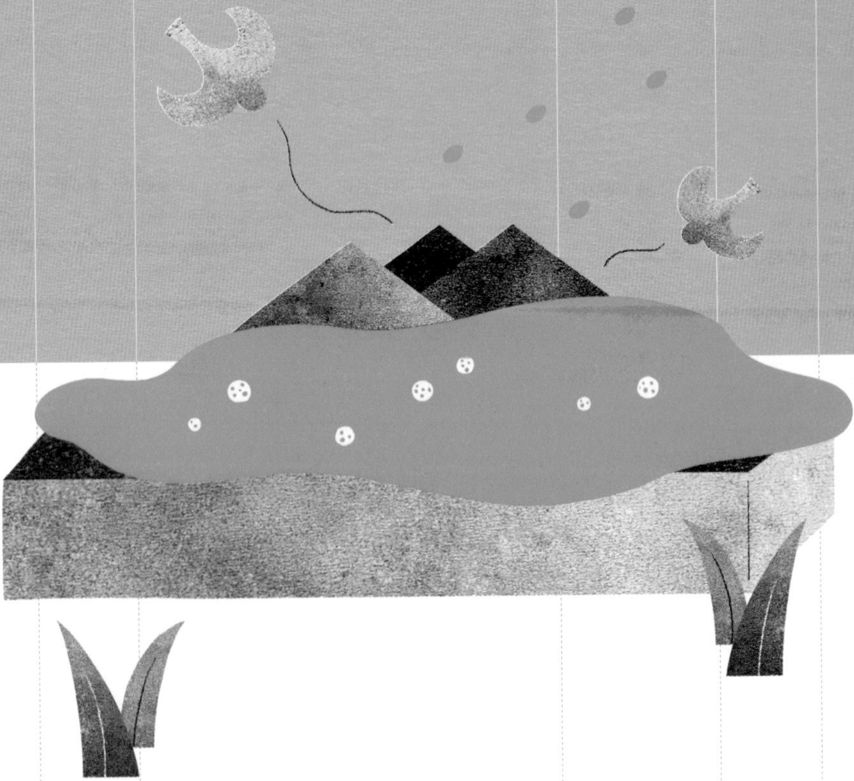

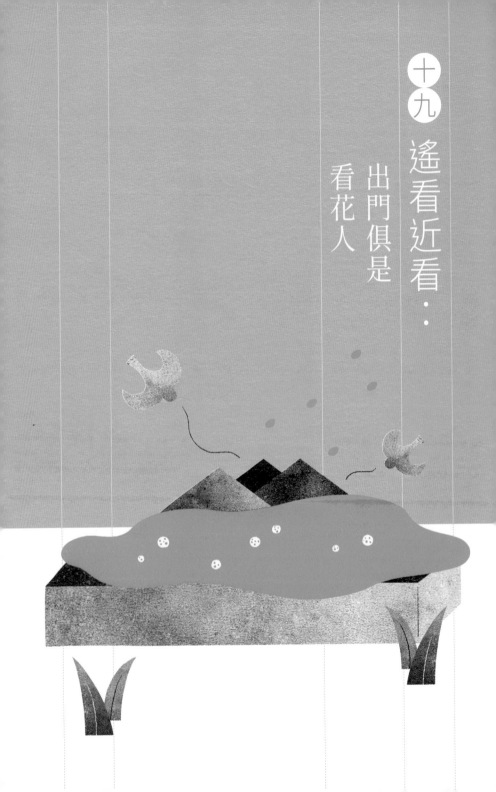

看小學生的生字練習，「遠看」、「近看」，啊，好面熟，這一題我認識，而且很有名喔。

早春呈水部張十八員外二首（其一）　唐．韓愈
天街小雨潤如酥，草色遙看近卻無。
最是一年春好處，絕勝煙柳滿皇都。

我：「這首是寫冬天終於過去了，春天剛到，詩人很開心。天街，就是古代唐朝首都的街道。下雨過後的街道，是不是油油亮亮的，就像是抹上一層油酥（也就是奶油）一樣？」

小：「……」

我：「往郊外遙看，也就是遠遠一看，好像有點綠綠的草色。但走近一看，卻又看不到草，看攏無。妳覺得是為什麼？」

小：「！！！為什麼！」

我：「可能他住在比較北方，冬天時草都枯了，這時剛冒出一點點綠芽，遠看一整片草坪，好像有點綠色，但走近一看……」

小：「喔～只會看到比較長的枯草。」

我：「對，就是這個意思。春天剛來，這是一年中最好的時候。皇都也就是首都，這時啊，比柳樹都茂密得像一團綠煙時還要美。妳喜歡春天剛來的時候，還是春天要結束，快要變成夏天的時候？」

小：「都喜歡啦，但是春天比較好。」

我：「那這首詩妳最喜歡哪一句？」

小：「最後一句，一團煙很好笑！」

不知道是小學生的記憶力真的很驚人，還是這首詩太好懂，她念個幾次就背起來了。不過最後一句在她媽媽刻意的誤導下，她背成了「絕勝煙柳蛋黃酥」。

我覺得韓愈的詩有點玄，可能因為臺灣一整年的草都是綠的吧，若要體會「草色遙看近卻無」的景色，只有趁除草機剛修完草坪的時候。與韓愈約略同時的楊巨源也寫過一首著名的早春詩，這首我就比較有共鳴了，千萬不要等到繁花似錦才去陽明山賞花：

城東早春　唐．楊巨源

詩家清景在新春，綠柳纔黃半未勻。

若待上林花似錦，出門俱是看花人。

大意是對詩人而言，最清靜幽美的的景色就是在新春了，這時柳樹才剛冒出黃色的新芽，甚至有一半的樹都還沒染上顏色。「上林」是漢朝的帝皇宮苑「上林苑」，這裡指絕美的賞花勝地。也就是如果等到陽明山已經繁花似錦了才去賞花，只會見到滿山的人潮，那就是個塞車的俗人，而不是敏銳的詩人了。

南宋學者胡仔認為韓愈這首「早春」詩的寫法，和蘇軾「初冬」的寫法類似[1]，這個聯想滿有創意的，大概是指都能從自然界景物、顏色的變化，敏銳地捕捉到季節的轉換吧：

贈劉景文　宋．蘇軾

荷盡已無擎雨蓋，菊殘猶有傲霜枝。
一年好景君須記，最是橙黃橘綠時。

不過胡仔將蘇軾和韓愈相提並論，也是滿有道理的，因為眾所皆知蘇軾很欣賞韓愈，曾經大力稱讚他[2]「匹夫而為百世師，一言而為天下法」、「文起八代之衰，道濟天下之溺。忠犯人主之怒，而勇奪三軍之帥。」對於韓愈這首詩，蘇軾也相當喜歡，甚至改寫成一首詞，不過卻不是為了早春而欣喜啊，反而有更多感慨：

減字木蘭花　宋．蘇軾

鶯初解語。最是一年春好處。微雨如酥。草色遙看近卻無。
休辭醉倒。花不看開人易老。莫待春回。顛倒紅英間綠苔。

早春，黃鶯初語，微雨如酥，這正是該喝酒的時候。不須等到花開，因為人可是輕易就變老了；不須等到春天真的回來，那時只有飄落的紅花灑上綠苔。

蘇軾欣賞韓愈，除了因為兩人都是一時文豪、學富五車之外，也因為兩人都長期遭受誹謗、貶謫遠鄉，所以他才引為同病相憐的異代知己。不過撇開身世不談，蘇大學士也滿鄉民的，他認為自己是摩羯座，而韓愈的月亮星座也是摩羯座，所以兩人才會「平生多得謗譽[3]」。看來摩羯座的男人容易招小人？

韓愈這首詩的粉絲除了蘇軾之外，還有兩個大咖。一個是清朝的乾隆皇，他念一念這首詩之後，文思泉湧，尤其從「草色遙看近卻無」得到靈感，鋪衍成一首七言律詩，「暫借波紋貼地平」這句挺好：

賦得草色遙看近卻無　清．愛新覺羅弘曆

極目芳郊綠漸萌，輕煙細雨若為情。卻輸書帶縈窗細，暫借波紋貼地平。通野望來猶荏苒，停鞭覓得未分明。漫言春色曾無定，萬有都從箇裡生。

另外一位是王安石，他很擅長寫「集句詩」，也就是集前人的詩句，重新合成一首詩。例如南朝古詩有「風定花猶落」的殘句，一直沒人能對出下句，王安石就發現可以從南朝王籍的詩「蟬噪林逾靜，鳥鳴山更幽」，借來對成「風定花猶落，鳥鳴山更幽」。這一對讓人嘆為觀止，宋人沈約說[4]，王籍的原詩「上下句只是一意」，都是蟲鳥的聲響來反襯山林的寂靜，但是王安石改造之後，「上句乃靜中有動，下句動中有靜」，境界更高了。

下面這首王安石寫給弟弟王安國的女婿葉濤（字致遠）的詩，連續用了唐人雍陶、杜甫、韓愈、李白的四句詩[5]，大家自己欣賞一下他的集句功力囉：

招葉致遠　宋．王安石

山桃野杏兩三栽，嫩葉商量細細開。
最是一年春好處，明朝有意抱琴來。

最後，讀一首南宋楊萬里寫白梅的詩吧，他的詩都很平易近人，本首的第二聯「遙看」、「走近」想法則跟韓愈這首早春詩類似。不過以整首來看，我比較喜歡這首，他不像韓愈寫得那麼斬釘截鐵、因此那麼大男人氣魄。早春啊，比較像楊萬里這樣含情脈脈、半信半疑，仔細一看白梅的「膚底雪」、「蕊頭金」，卻是千頭萬緒，只能對著南枝先開花的梅花喃喃自語的：

懷古堂前小梅漸開四首（其二）　宋．楊萬里

隨意行穿翠篠林，暗香撩我獨關心。遙看小朵不勝好，走近寒梢無處尋。
未吐誰知膚底雪，半開猶護蕊頭金。老來懶去渾無緒，奈此南枝索苦吟。

同場加映 #

早春與京城

仔細分析韓愈〈早春呈水部張十八員外〉一詩，包含了兩種讓他心情愉快的情境，一是詩題中的「早春」，一是第一句開頭的「天街」，二者一樣重要。

早春，告別了嚴冬，帶來了今年的新希望。但是早春，也必須降臨在天街，也就是降臨在京城當官的文人身上時，才會讓他如此欣喜。多年寒窗苦讀，屢試不第，終於金榜題名。然後幾年官場浮沉，過著「衣食纔足甘長終，侯王將相望久絕[6]」的生活。此時終於回到朝廷，回到皇帝身旁，有望一展生身抱負，彷彿（根本就是）春天來臨，哪能不開心呢？第一句劈頭就寫「天街」，根本就是炫耀文！以我們當代人的生活來比擬，先不管官場了，意思類似：「我現在已經不在鳥不生蛋的地方分公司，我可是在陽光普照的加州總公司啊哈哈哈……」

這裡多錄兩首詩，大家可以體會一下韓愈在這兩種情境下的開心。

〈春雪〉大意是看見綠草冒出嫩芽了，非常驚喜。雖然還不到春暖花開，但是白雪也等不及了，化作片片雪花穿庭過樹，一同迎接春天來臨。〈芍藥〉描寫這芍藥花怎麼這麼香啊，前所未聞。突然之間覺得既驚喜又惶恐，原來我正在皇宮（根本是仙宮）值夜班啊！（得意笑容比大拇指）

春雪　唐．韓愈

新年都未有芳華，二月初驚見草芽。
白雪卻嫌春色晚，故穿庭樹作飛花。

芍藥　唐．韓愈

浩態狂香昔未逢，紅燈爍爍綠盤籠。
覺來獨對情驚恐，身在仙宮第幾重。

註

1 宋·胡仔《苕溪漁隱叢話》後集卷十。

2 宋·蘇軾〈潮州韓文公廟碑〉。

3 蘇軾的生日為一〇三七年一月八日。《東坡志林》：「退之詩云：『我生之辰，月宿南斗。』乃知退之磨蝎為身宮，而僕乃取磨蝎為命，平生多得謗譽，殆是同病也。」

4 宋·沈括《夢溪筆談》。

5 過舊宅看花　唐·雍陶

山桃野杏兩三栽，樹樹繁花去復開。今日主人相引看，誰知曾是客移來。

江畔獨步尋花七絕句（其七）　唐·杜甫

不是愛花即肯死，只恐花盡老相催。繁枝容易紛紛落，嫩葉商量細細開。

山中與幽人對酌　唐·李白

兩人對酌山花開，一杯一杯復一杯。我醉欲眠卿且去，明朝有意抱琴來。

6 唐·韓愈〈謁衡嶽廟遂宿嶽寺題門樓〉。

二十 橫看側看……

遠近高低

各不同

在韓愈的早春遙看、近看草色之前，李白這首遙看瀑布的詩更有名，而且引發了後來的一場爭論，以及蘇軾的橫看、側看。

望廬山瀑布水二首（其二）　唐・李白

日照香爐生紫煙，遙看瀑布掛前川。[1]

飛流直下三千尺，疑是銀河落九天。

大意是廬山香爐峰在日照之下彷彿生出靄靄的紫色煙霞（果然是「香爐」），遠遠就能看見瀑布如一條大川掛在山前。飛騰晶瑩的瀑布往下直衝三千尺，彷彿是從九天上的銀河奔瀉而下。

詩仙就是詩仙，一條瀑布也能寫得這麼氣勢不凡，想像力超級奔放，連銀河都能落入凡間，比他〈將進酒〉「黃河之水天上來」更為驚人。他這麼一寫，以後誰還敢寫廬山瀑布？

據說[2]李白登黃鶴樓時看到崔顥的詩，曾感慨崔詩太好了，連他都無法寫得更好，因此說：「眼前有景道不得，崔顥題詩在上頭。」我不太相信天才橫溢的李白會說出這種示弱的話，不過後來的文人再看到瀑布，也只能感嘆「眼前有景道不得，李白題詩在上頭」吧？

沒想到才過了幾十年到了中唐，有位年輕詩人徐凝竟然也敢寫廬山瀑布：

廬山瀑布　唐．徐凝

虛空落泉千仞直，雷奔入江不暫息。
千古長如白練飛，一條界破青山色。

大意是從空中直直落下的泉水有千仞之高，奔雷一般落入長江一刻不停息。這條瀑布，千年以來如皆如白布飛舞，這一匹白布便劃破了連綿的青山。

你們覺得徐凝這首詩寫得好嗎？如果沒有李白的詩在前，我覺得這首也挺好的。

據說[3]當時韓愈之外的另一位文壇領袖白居易就很欣賞徐凝這首詩，因此冷落了另一位才子張祜。不過杜牧聽說這件事很不以為然，認為徐凝哪比得上張祜？因此寫了一首詩笑白居易有眼不識泰山：「誰人得似張公子，千首詩輕萬戶侯。」

李白用銀河來形容瀑布，徐凝則用一匹白布來形容，格局氣象當然不一樣，不過看來白居易很喜歡「瀑布像白布」這個類比，他自己的〈繚綾〉反過來形容絲綢像瀑布：「應似天臺山上明月前，四十五尺瀑布泉。」

又過了約莫二百年，據說[4]蘇軾穿著芒鞋、拿一根青竹杖，帶點零錢就輕裝簡從來到了廬山遊賞，但因為他的名氣太響亮，當地人一看到他就奔相走告：「蘇子瞻來了！」就連方外僧人也不例外。這種搖滾巨星的待遇，讓他覺得莫名其妙，寫了首詩說：「芒鞋青竹杖，自掛百錢遊。可怪深山裡，人人識故侯。」有人拿陳舜俞（字令舉）的〈廬山記〉給他看，他邊走邊看，看到了徐凝、李白的詩，「不覺失笑」。有什麼好笑的？因為他覺得徐凝的詩寫得實在太糟，怎麼能與李白相提並論啊！後來他玩到了開先寺，僧人求他贈一首詩，他就寫了一首來讚李白、笑徐凝，詩前有序說，雖然白居易的詩也很淺白，但眼光應該沒那麼差，不至於會欣賞徐凝這首詩：

戲徐凝瀑布詩　宋．蘇軾

世傳徐凝瀑布詩云「一條界破青山色」，至為塵陋，又偽作樂天詩稱美此句有「賽不得」之語。樂天雖涉淺易，然豈至是哉？乃戲作一絕。

帝遣銀河一派垂，古來唯有謫仙詞。
飛流濺沫知多少，不與徐凝洗惡詩。

徐凝真的挺倒楣的，只是因為寫了一首跟李白同題目的詩，就被笑了二百年（不對，到現在已經一千多年了）。但他其實是個挺好的詩人，有一首〈憶揚州〉中的名句「天下三分明月夜，二分無賴是揚州」就很有特色。「天下三分」，這可不是曹操、孫權、劉備三分天下？他卻用來形容全天下的明月夜如果分成三份，就有兩份到了惱人的揚州。挺好的，蘇軾也有一首〈水龍吟．次韻章質夫楊花詞〉的寫法類似：「春色三分，二分塵土，一分流水。」

不過蘇軾這麼好作評論、指點古人，他自己寫的廬山詩又如何呢？他遊完廬山後，寫了這首詩，並且說：「僕廬山詩盡於此矣！」

題西林壁　宋．蘇軾

橫看成嶺側成峰，遠近高低各不同。[5]
不識廬山真面目，只緣身在此山中。

這首詩很妙，妙在將人人都有過的體會，寫得這麼清楚準確，也妙在雖然說「不識」，反而更說出了山的千萬變化。最後一句，則讓我聯想到唐人賈島的〈尋隱者不遇〉：「松下問童子，言師採藥去。只在此山中，雲深不知處。」

據說[6]黃庭堅看了這首詩讚嘆：「此老人於般若橫說豎說，了無剩語。非其筆端有舌，安能吐此不傳之妙哉！」

蘇軾這樣橫看側看的，看來也可能不是像韓愈遙看近看只是看風景，而是在說禪理，這就看大家悟性有多高了。

同場加映
再看一眼

如果還沒看過癮，我也很推薦南宋楊萬里的這首，很白話，只是單純描述登山的領會，也是每個喜歡登山的人都曾見過的景象，因此讀起來非常親切，很適合小朋友念：

回望摩舍那灘石峰　宋．楊萬里

好山近看未為奇，遠看全勝近看時。
回望七峰雲外筍，兩峰高絕五峰低。

註

1 前二句一作：「廬山上與星斗連，日照香爐生紫煙。」

2 元．辛文房《唐才子傳》：「（崔顥）遊武昌，登黃鶴樓，感慨賦詩。及李白來，曰：『眼前有景道不得，崔顥題詩在上頭。』無作而去。為哲匠斂手云。」其詩云：

黃鶴樓　唐．崔顥

昔人已乘黃鶴去，此地空餘黃鶴樓。黃鶴一去不復返，白雲千載空悠悠。

晴川歷歷漢陽樹，芳草萋萋鸚鵡洲。日暮鄉關何處是？煙波江上使人愁。

3 見唐．范攄《雲谿友議．錢塘論》：「中舍曰：『（徐凝、張祜）二君論文，若廉白之鬥鼠穴，勝負在於一戰也。』遂試『長劍倚天外賦餘霞散成綺詩』。試訖解送，以凝為元，祜其次耳……白公又以宮詞四句之中皆偶對，何足為奇，不如徐生云：『今古長如白練飛，一條解破青山色。』」

4 《東坡志林》卷一。

5 第二句一作：「遠近高低無一同」、「到處看山了不同」。

6 宋．釋惠洪《冷齋夜話》。

二十一 女神之一：豬八戒與嫦娥

在一次聚餐中，小學生的朋友問爸媽，如果以後他們先去天上，等她也去天上時，跟現在長得不一樣了，他們還會認得出來是她嗎？

喔喔，這個問題，活生生就是 Eric Clapton 的歌 *Tears In Heaven*: "Would you know my name, if I saw you in heaven? Would it be the same, if I saw you in heaven?" 如果我們在天堂相遇，你還記得我的名字嗎？如果我們在天堂相遇，一切都一如往常嗎？

還好這一題我早就做好準備了，我說：「記得嗎？如果我先上去了，我會一直在南天門等妳，我會在那裡一直看著妳，而且天上一日，地下一年，我在那裡頂多也等個一百天而已，所以一定會認得妳。」

妳很開心的笑了，跟一年前一樣。

上小學前，我每晚睡前跟妳說一集《西遊記》，妳發現孫悟空每次要去天宮找玉皇大帝或太上老君，都要先到南天門。然後我說，我下次先不要投胎了，我要當散仙，先到處玩一陣子。

後來，我們聊到年齡的差距，妳突然發現我如果死了，妳還要很久才可以到天上找我，「把拔為什麼你們要這麼晚才把我生下來啦！我也想跟你一起在天上飛來飛去到處玩。」

我：「妳慢慢來沒關係啊，這裡還有那麼多好玩的事，我會在天上等妳的。」

小：「你一定要等我喔，嗯……你要在南天門等我，天上其他地方我也不認識。」

我：「好，我一定會在南天門等妳。」

小：「一定喔！馬嘛也要！」

我：「好，一定，馬嘛也要。」妳似乎就安心了。

這段對話我印象深刻，那時想著，上小學之後，我們應該不會有這種對話了吧。

恭喜妳脫離幼兒，進入下一關：小學生。妳這一關也要玩得開心喔！

然後，突然就過了一年，看妳在小學過得超開心啊，也交到了幾個好朋友，每天的話題都是同學和老師的趣事。那我也要超前部署，先想想在南天門等妳時，可以順便去找誰玩。

想來想去，就嫦娥吧！《西遊記》第八回講到，觀世音菩薩在幫唐三藏尋找幫手時，遇到豬八戒，並第一次說出他被玉帝貶下凡的原因：

觀音按下雲頭，前來問道：「你是那裡成精的野豕，何方作怪的老彘，敢在此間擋我？」

那怪道：「我不是野豕，亦不是老彘，我本是天河裡天蓬元帥。只因帶酒戲弄嫦娥，玉帝把我打了二千鎚，貶下塵凡。」

因為戲弄嫦娥，就要挨二千鎚，可見天界的規矩是很嚴格的，當個元帥也無法求情。不過根據小說後半的情節，豬八戒戲弄的嫦娥應該不是奔月的嫦娥，而是她身邊的宮女。

當時小孩聽到這段時說：「為什麼要打豬八戒？抱抱有什麼關係？跟豬八戒抱抱

沒關係啊！」我也只能回答：「應該是嫦娥不想，別人不想就不能勉強。」他是名副其實的豬哥啊，小朋友。

嫦娥奔月的故事大家都很熟了，不過她奔月之後，我們一般都認為她成為仙子，孤單住在廣寒宮，但也有一說是她奔月之後變成蟾蜍[1]。古詩詞中，也會以蟾蜍代表月亮，以蟾光代表月光，例如宋徽宗的〈宮詞〉就寫：「蟾光秋半倍嬋娟，河漢潛微瑩碧天。」

無論如何，嫦娥奔月之後總是有點淒淒慘慘，如果我只是去看看她，陪她聊聊天，應該沒問題吧？

古代文人仰望夜空時，常常想到嫦娥，例如李白把酒問月時，想著那裡雖有月兔，但她還是寂寞吧，而這也是李白自己的寂寞：

把酒問月　唐．李白

青天有月來幾時？我今停杯一問之。人攀明月不可得，月行卻與人相隨。

皎如飛鏡臨丹闕，綠煙滅盡清輝發。但見宵從海上來，寧知曉向雲間沒？
白兔擣藥秋復春，嫦娥孤棲與誰鄰？今人不見古時月，今月曾經照古人。
古人今人若流水，共看明月皆如此。唯願當歌對酒時，月光長照金樽裡。

如果月兔無法排遣嫦娥的寂寞，那有別的辦法嗎？白居易看到城東的桂花樹時異想天開：月宮中也有一株桂花樹，那裡的地那麼大，不如多種一棵吧？至少讓桂花多個伴：

東城桂三首（其三）　唐．白居易
遙知天上桂花孤，試問嫦娥更要無。
月宮幸有閒田地，何不中央種兩株。

這首詩乍看莫名其妙，但這是沒辦法中的辦法，因此才更悲情？白居易說[2]，這首詩啊，「此是人間腸斷曲，莫教不得意人聽。」不過我想多種一棵桂樹的事，應該要問吳剛[3]才對，他連一棵桂樹都永遠砍不完了，再多一棵還得了？

關於嫦娥的詩多不勝數，最著名的應該是第八章〈滿身花影〉中介紹過的這首：

嫦娥　唐．李商隱
雲母屏風燭影深，長河漸落曉星沉。
嫦娥應悔偷靈藥，碧海青天夜夜心。

這首詩從字面上看來很好懂，不過歷代詩評家多認為李商隱絕對不是真的在寫嫦娥。有人認為這是以嫦娥的寂寞比喻自己仕途的悔恨[4]，有人認為這是在描寫自己的戀情，以嫦娥託喻情人。有人認為這是在譏刺不甘寂寞的女道士[5]。

這些說法都有幾分道理，例如杜甫〈月〉有「斟酌姮娥寡，天寒耐九秋。」姮娥即嫦娥，有人認為[6]這是杜甫以嫦娥比喻自己漂流在遠方，李商隱的詩也可作如是觀。李商隱詩〈為有〉寫了另一位住在有雲屏屋子中的怨婦，雖然嫁給金龜婿，卻只能每日獨守空房，「為有雲屏無限嬌，鳳城寒盡怕春宵。無端嫁得金龜婿，辜負香衾事早朝。」看來李商隱只要寫到「雲母屏風」都沒好事，或許這首怨婦詩，說的也是金龜婿自己的哀怨？另外，李商隱還有一首寫給兩位女道士的詩〈月夜重寄宋華陽姊妹〉，也用了嫦娥竊藥的典故：「偷桃竊藥事難兼，十二城中鎖彩蟾。」

雖然一首詩大家可以有自己的解讀角度，不過這麼多種解釋就有點煩了。我想，還是單純當成是同情嫦娥吧，那上千年的寂寞，有誰能忍受呢？我到了天上，一定要去看看她的。

不過小學生似乎不太關心嫦娥是否寂寞，記得有次講完嫦娥的故事，她聽完的第一個反應是：「那后羿會想念她的老婆嗎？」

「一定會吧！」我說，雖然她有點瘋。

#同場加映

仙女的名字

還記得那時床邊講《西遊記》時，講到孫悟空好不容易在天宮得到一個「齊天大聖」的頭銜，然後被派去管蟠桃園。園中三千六百株蟠桃，分成三個等級：小桃子，人吃了「成仙了道，體健身輕」；中桃子，人吃了「霞舉飛昇，長生不老」；大桃子，人吃了「與天地齊壽，日月同庚」。

這麼神奇的蟠桃，如果只偷摘幾顆來吃，那就不叫齊天大聖了。所以囉，他將園中那些幾千年才結一次果的蟠桃，幾乎都吃光了。

然後某天，西王母娘娘要在瑤池辦「蟠桃會」，遣了七仙女來摘蟠桃，分別是紅衣仙女、青衣仙女、素衣仙女、皂衣仙女、紫衣仙女、黃衣仙女、綠衣仙女。

故事說到這裡，小孩問我：「她們有名字嗎？」

我：「應該有……不過書中沒有寫，我就不知道了。」

小孩若有所思，怎麼可能沒有名字呢？我也替七仙女感到悲傷了，當時應該瞎掰幾個名字的。

再後來，有次查寫作資料時，剛好翻到舊題漢班固撰的《漢武帝內傳》。其中說到某天西王母請漢武帝吃桃子，「盛桃七枚，大如鴨子，形色青，以呈王母。母以四枚與帝，自食三桃。」然後西王母要身邊的仙女來場才藝表演：「命侍女王子登彈八琅之璈，又命侍女董雙成吹雲龢之笙，又命侍女石公子擊昆庭之鐘，又命侍女許飛瓊鼓震靈之簧，侍女阮靈華拊五靈之石、侍女范成君擊洞庭之磬、侍女段安香作九天之鈞。於是眾聲澈朗，靈音駭空。又命侍女安法嬰歌元靈之曲。」

雖然這裡的侍女有八個人，不過這些仙女總算有名字了！最後一個安法嬰是單獨表演，那就把前面七個當成是七仙女吧，總算不用留下遺憾了。

註

1 西漢初期的《淮南子》。其中使用了嫦娥奔月的故事作為典故引用：「羿請不死之藥於西王母，姮娥竊以奔月，悵然有喪，無以續之。」南朝．劉勰《文心雕龍．諸子》篇中記載：「《歸藏》之經，大明迂怪，乃稱羿斃十日，姮娥奔月。」東漢．高誘註《淮南子》：「姮娥，羿妻也。羿請不死之藥於西王母，未及服之，姮娥盜食之，得仙奔入月中，為月精也。」唐《初學記》引古本《淮南子》：「羿請不死之藥於西王母，羿妻姮娥竊之奔月，託身於月，是為蟾蜍，而為月精。」清《太平御覽》卷四引張衡《靈憲》：「嫦娥，羿妻也，竊西王母不死藥服之，奔月……嫦娥遂託身於月，是為蟾蜍。」

2 唐．白居易〈醉後聽唱桂華曲〉。

3 唐．段成式《酉陽雜俎．天咫》：「舊言月中有桂，有蟾蜍，故異書言月桂，高五百丈，下有一人常斫之，樹創隨合。人姓吳名剛，西河人，學仙有過，謫令伐樹。釋氏書言，須彌山南面有閻扶樹，月過，樹影入月中。或言月中蟾桂地影也，空處水影也，此語差近。」

4 清．沈德潛《唐詩別裁集》：「孤寂之況，以『夜夜心』三字盡之。士有爭先得路而自悔者，亦作如是觀。」

5 清．馮浩《玉谿生詩集箋注》。

6 清．何焯《義門讀書記》：「以奔月自比竄身在遠。」

二十二 女神之二：天臺仙子與芝麻

說到女神，大部分文人應該都不會羨慕后羿遇到嫦娥，畢竟那是真心換絕情的結局。但是另外一位，不對，是兩位深情款款的女神，很多人倒是非常嚮往。不過這個故事小朋友不要看。

話說[1]東漢明帝時，有一天，劉晨、阮肇二人天臺山上迷路了，經過了十三天（！野外求生技能很強啊）他們找到一棵結實累累的桃樹，攀著藤葛終於採到了桃子，吃了個飽。然後到溪邊喝水時，發現流下來一個杯子，裡面是胡麻飯（芝麻拌飯），這下他們開心了，認為附近一定有人家。

他們沿溪走著走著，果然在溪邊遇見兩個美人兒，美女看見他們就笑著說：「劉、阮二郎拿走我們的杯子了。」他們大吃一驚，我們被人查水表了嗎？怎麼知道我們的名字？美人兒又問：「怎麼這麼晚才來啊？」然後就邀他們回家了（！名副其實的仙人跳吧）。

回到她們的豪宅，其中有兩張掛了紅羅帳的大床，床頭各有十位侍女，二美人吩咐：「劉、阮二郎爬山涉水，雖然吃了仙桃，但你們的身體還是虛的，再吃點東西吧。」於是他們又吃了芝麻飯、烤羊肉和牛肉。正在喝酒時，又來了一群女人，每個人手上都拿著幾顆桃子：「恭喜恭喜，妳們的夫婿終於來了！」晚上，劉、阮各睡一床，二美人各自相陪。

就這樣無憂無慮過了十天，劉、阮享盡仙福後想回家了，二女說：「我們是前世姻緣啊，留下來吧！」劉、阮就又留了半年，這時春暖花開，二男又想家了。二女知道這次留不住了，眾仙女辦了一場送別音樂會，便送他們下山。

他們回家後，發現房子都不一樣了！那裡住著他們好幾世的子孫後代，他們說，只聽說曾經有祖先上山後就沒回來了。

這個故事因為太簡短，所以疑點重重。首先，補充說明一下故事中的細節。為什麼吃了芝麻飯，仙女就出現了，回家後又接著吃芝麻飯？這應該是有用意的，我想到這首詩：

懷良人　唐．葛鴉兒
蓬鬢荊釵世所稀，布裙猶是嫁時衣。
胡麻好種無人種，正是歸時底不歸？

大意是甘於像我一樣忍受蓬鬢荊釵的窮困生活的妻子是很稀有的，甚至還穿著結婚時的粗陋布裙。現在正是該種芝麻的時候啊，為何丈夫還不歸家？

據說[2]南方諺語有「長老種芝麻，未見得。」長老即是和尚，古人認為芝麻必須夫婦兩人同種才長得好，和尚種芝麻當然毫無所得，所以這首詩才會希望丈夫早點回家。

正因為芝麻有這層涵義，所以囉，芝麻飯可能就有「希望結成夫婦」的告白意味了。劉、阮看到溪上流來一杯芝麻飯，就撿來吃，回到美人兒家，又毫不猶豫的吃了，難怪一群仙女跑出來恭喜恭喜啊！

故事中的其他物件就比較好解釋了。「桃花」自古也有喜結良緣之意，《詩經．

周南·桃夭》這首大家很熟，吃了別人的桃子，那當然就「宜其家室」了：

桃之夭夭，灼灼其華，之子于歸，宜其室家。
桃之夭夭，有蕡其實，之子于歸，宜其家室。
桃之夭夭，其葉蓁蓁，之子于歸，宜其家人。

至於同時吃了羊肉、牛肉，想遠一點，或許也可以聯想到《詩經·王風·君子于役》：「日之夕矣，羊牛下括。君子于役，苟無飢渴？」羊牛回家了，在外的君子啊，有沒有挨餓？（超譯：回家來把羊牛吃掉吧。）

這個故事太引人遐想，惹來許多人寫了續集，尤其是晚唐到五代的文人特別好奇：劉、阮後來怎麼了？仙女後來呢？劉、阮的家人呢？

皇甫松這首〈天仙子〉，先寫了別離當日，劉郎與仙子淚眼相對，下山後，只能遠遠望見仙子所住的山峰（這裡借巫山神女所住的巫山十二峰代指天臺山）：

天仙子　唐·皇甫松

晴野鷺鷥飛一隻，水葓花發秋江碧。劉郎此日別天仙，登綺席，淚珠滴。十二晚峰青歷歷。

這首詞將劉郎寫得依依不捨，形單影隻，不過明明是劉、阮主動求去的，該哀怨的，應該是仙女吧？下面這首〈天仙子〉則寫出了仙女每天在神仙洞口，望著桃花片片飛落，眉目含愁，阮郎為何不回來呢？她們也沒心緒煉丹畫符了，真是「別時容易見時難，流水落花春去也，天上人間。」[3]

天仙子　五代·和凝

洞口春紅飛簌簌，仙子含愁眉黛綠。阮郎何事不歸來？懶燒金，慵篆玉，流水桃花空斷續。

晚唐的曹唐連寫了五首詩[4]：〈劉晨阮肇遊天臺〉、〈劉阮洞中遇仙子〉、〈仙子送劉阮出洞〉、〈仙子洞中有懷劉阮〉、〈劉阮再到天臺不復見仙子〉，其中第五首就回答了仙女的問題：劉、阮不是不回來，而是他們回鄉後發現人事已非，想要重回天臺山找仙女，雖然也看到桃花流水，卻找不到重回桃花源的路了：

劉阮再到天臺不復見仙子　唐．曹唐

再到天臺訪玉真，青苔白石已成塵。笙歌冥寞閑深洞，雲鶴蕭條絕舊隣。

草樹總非前度色，煙霞不似昔年春。桃花流水依然在，不見當時勸酒人。

誰叫他們當初自己急著想回家呢？仙緣可一而不可再，「世間風景那堪戀，長笑劉郎漫憶家[5]」。除非他們像呂洞賓一樣自己也成仙了，才可以桃花源自由來去囉：

「曾隨劉阮醉桃源，未省人間欠酒錢。[6]」

那麼，劉、阮離家的那些年，他們的妻子在想什麼？可以看看這首：

薄命妾　唐．曹鄴

薄命常惻惻，出門見南北。劉郎馬蹄疾，何處去不得？

淚珠不可收，蟲絲不可織。知君綠桑下，更有新相識。

妻子在家淚流不止，哀嘆自己苦命，劉郎的馬蹄一去不回，她也無心紡織，想來丈夫應該是在別處有了新歡吧？

拋下神仙之說，晚唐曹鄴這首詩倒可能最接近現實，或許這個故事的原型，真的是劉、阮在外遊蕩半年才歸家，至於尋得七世子孫，則是穿鑿附會了。

無論如何，由於這個故事太有名，後來劉郎、阮郎在詩詞中也成為情人的代稱，劉、阮剛好一個平聲字、一個仄聲字，詩人可以看平仄取用。例如李商隱寫「劉郎已恨蓬山遠，更隔蓬山一萬重[7]」，是感嘆與情人相隔山高水長，比蓬萊仙山還遙遠。唐人李季蘭送別友人時，希望對方一定要回來找她，可別學阮郎一樣迷路了：「歸來重相訪，莫學阮郎迷。[8]」

這個神仙的故事不太適合說給小朋友聽，總覺得就是一個拋家棄子、拈花惹草的故事，女神其實是神女。只是啊，「劉郎」、「阮郎」在詩詞中實在太常見，小朋友遲早會知道這個故事吧？

同場加映 鬼月

說到神，就不免想到鬼；說到天臺，就想到夜臺[9]。而所有的鬼，生前也都是有親友的（當然）。

例如一生好酒的李白，在宣城一酒店中，結交一位能釀得好酒的朋友紀叟；紀叟過世後，他寫下這首詩：

題戴老酒店[10]　唐・李白

紀叟黃泉裡，還應釀大春。
夜臺無李白，沽酒與何人。

紀叟先行離去，在黃泉裡應該還會釀著大春酒吧？夜臺沒有我李白，紀叟要賣酒給誰呢？

這首詩有點伯牙與鍾子期的「高山流水」之感[11]。不過鍾子期死後，「伯牙破琴絕絃，終身不復鼓琴」，因為世上已沒有值得伯牙彈琴的知音了。這點跟李白不太一樣，李白只想著紀叟在黃泉沒有知音，自己倒不是非紀叟的酒不可。

另外，一般讀到中唐的詩，只知道跟白居易並稱「元白」的元稹先死了，之後並稱「劉白」的劉禹錫也走了。那麼，活著的白居易是什麼心情呢？看他這兩首哭劉禹錫的詩，第一首似乎有點羨慕劉禹錫可以到地下去跟元稹（字微之）同遊了，第二首問：你死了對我是脣亡齒枯，我的日子應該也不多了；我到夜臺的那一天，也能見到你嗎？

所以鬼月如果真的能見鬼，應該是莫大的安慰吧。

哭劉尚書夢得二首　唐．白居易

四海齊名白與劉，百年交分兩綢繆。同貧同病退閒日，一死一生臨老頭。

杯酒英雄君與操，文章微婉我知丘。賢豪雖歿精靈在，應共微之地下遊。

今日哭君吾道孤，寢門淚滿白髭鬚。不知箭折弓何用，兼恐脣亡齒亦枯。

窅窅窮泉埋寶玉，駸駸落景掛桑榆。夜臺暮齒期非遠，但問前頭相見無。

註

1 東晉．干寶《搜神記》與其後南朝宋．劉義慶《幽明錄》均收載此故事，前者未載背景年代，只言下山後「鄉邑零落，已十世矣。」後者則載漢明帝永平五年（西元六二年）劉晨、阮肇入山，下山後「問訊得七世孫，傳聞上世入山，迷不得歸。至東晉孝武帝太元八年（西元三八三年），忽復去，不知何所。」

2 明．顧元慶《夷白齋詩話》：「南方諺語，有『長老種芝麻，未見得』。余不解其意。偶閱唐詩，始悟斯言，其來遠矣。詩云：『蓬鬢荊釵世所稀，布裙猶是嫁時衣。胡麻好種無人種，合是歸時底不歸。』胡麻即今芝麻也。種時必夫婦兩手同種，其麻倍收，長老言僧也，必無可得之理，故云。」

3 南唐．李煜〈浪淘沙令〉（簾外雨潺潺）。

4 曹唐組詩前四首如下：

劉晨阮肇遊天臺

樹入天臺石路新，雲和草靜迥無塵。煙霞不省生前事，水木空疑夢後身。
往往雞鳴巖下月，時時犬吠洞中春。不知此地歸何處，須就桃源問主人。

劉阮洞中遇仙子

天和樹色靄蒼蒼，霞重嵐深路渺茫。雲實滿山無鳥雀，水聲沿澗有笙簧。

碧沙洞裏乾坤別，紅樹枝前日月長。願得花間有人出，免令仙犬吠劉郎。

仙子送劉阮出洞

殷勤相送出天臺，仙境那能卻再來。雲液每歸須強飲，玉書無事莫頻開。
花當洞口應長在，水到人間定不迴。惆悵溪頭從此別，碧山明月閉蒼苔。

仙子洞中有懷劉阮

不將清瑟理霓裳，塵夢那知鶴夢長。洞裡有天春寂寂，人間無路月茫茫。
玉沙瑤草連溪碧，流水桃花滿澗香。曉露風燈零落盡，此生無處訪劉郎。

5 唐．施肩吾〈贈女道士鄭玉華二首〉。

6 唐．呂巖〈七言〉。

7 唐．李商隱〈無題四首〉其一（來是空言去絕蹤）。

8 唐．李冶〈送閻二十六赴剡縣〉。

9 夜臺：即長夜臺，指墳墓或黃泉。出自西晉陸機送子詩〈挽歌三首〉（其二）：「按轡遵長薄，送子長夜臺。呼子子不聞，泣子子不知。」

10 本詩一作〈哭宣城善釀紀叟〉：「紀叟黃泉裡，還應釀老春。夜臺無曉日，沽酒與何人。」據清王琦《李太白集注》：「老春是紀叟所釀酒名，唐人名酒多帶春字。」

11 《呂氏春秋》卷十四〈孝行覽．本味〉：「伯牙鼓琴，鍾子期聽之，方鼓琴而志在太山，鍾子期曰：『善哉乎鼓琴，巍巍乎若太山。』少選之間，而志在流水，鍾子期又曰：『善哉乎鼓琴，湯湯乎若流水。』鍾子期死，伯牙破琴絕弦，終身不復鼓琴，以為世無足復為鼓琴者。」

二十三 遊戲之一：月明明月，接龍這樣玩

跟其他學校、甚至其他班比較起來，小孩的課業壓力算是很寬鬆的。聽聞有些學校，小一開始就要求學生寫評量卷，似乎也會要求背課文，很慶幸小孩都沒這些功課。不過這一天放學回來，小孩竟然說國語新的一課要背課文。這反而讓我好奇了，是什麼樣的課文需要背？

和你在一起．康軒國語課本．小一下．第十課　方素珍
我喜歡和你在一起，躺在草地看白雲，白雲變化好有趣。
我喜歡和你在一起，拉著長線放風箏，風箏升高好神奇。

喔喔，看來老師是希望他們熟練這種句型啊，這題我會。

我：「妳看下一句開頭的詞，和上一句結束的詞是一樣的，白雲然後又白雲，風箏然後又風箏，這種寫法叫『頂真』。妳只要記得這個規則，就比較容易背起來了。」

小：「蛤？頂著針，不是很痛嗎？」

我：「是真假的真啦，所以不會痛。不過妳說對了，也有人說是針線的針，縫東西時這一針接著下一針，所以也不會痛。跟玩接龍一樣，這妳也會啊！」這又叫「頂針續麻」。

小：「會啊，爬山的時候很常玩接龍。」

這種頂真的手法，詩詞中很常用，有些詞牌更直接要求哪二句一定要用頂真。例如相傳是李白寫的這首，上片二、三句和下片的三、四句就是：

憶秦娥　唐．李白

簫聲咽，秦娥夢斷秦樓月。秦樓月，年年柳色，灞陵傷別。

樂遊原上清秋節，咸陽古道音塵絕。音塵絕，西風殘照，漢家陵闕。

簫聲嗚咽悲涼，是否因此驚醒了秦娥？她夢醒後，望見窗外秦家樓房上的月亮。

秦樓上的月亮，年年映照著河邊的柳樹，映照著灞陵橋上傷心的離人。此時正是樂遊原上大家歡度重陽節的日子，但她只知道咸陽古道上的音信斷絕。音信斷絕了，只有西風及夕陽，照拂著漢朝的陵墓和宮闕。

有人認為李白這首詞是「百代詞曲之祖[1]」，評價很高，將常見的懷人念遠的主題，放在歷史的背景上寫得這麼悲壯，也的確是很罕見的。

後來的人寫〈憶秦娥〉這個詞牌，也都會遵循這種頂真的格式。我滿喜歡李清照這首：

憶秦娥　宋．李清照

臨高閣。亂山平野煙光薄。煙光薄，棲鴉歸後，暮天聞角。

斷香殘酒情懷惡，西風催襯梧桐落。梧桐落。又還秋色，又還寂寞。

不過李清照這首詞不是醉酒就是寂寞，不對，李清照根本大部分的詩詞都是如此，這真是陪小孩讀詩詞最大的困擾。還好有朱淑真這首，只照字面上看，就是開開心心準備過元宵：

憶秦娥　宋．朱淑真

正月初六日夜月

彎彎曲，新年新月鉤寒玉。鉤寒玉，鳳鞋兒小，翠眉兒蹙。
鬧蛾雪柳添妝束，燭龍火樹爭馳逐。爭馳逐，元宵三五，不如初六。

新年新月，就如掛在天上的一鉤寒玉。一鉤寒玉，照著女郎的小鳳鞋，以及她微微皺起的翠眉。她頭上插戴著鬧蛾、雪柳等髮飾，看著街上燭龍火樹等各色花燈，賞燈的人互相追逐。互相追逐，十五元宵的月亮，不如初六的月亮。

我簡單講完這首詞給小學生聽，聽到最後，我問她：「妳覺得是為什麼？」

小：「因為……初六是她的生日！」我從沒想過這個答案，好有創意。

我：「有可能，因為是生日，所以特別喜歡。也有可能是因為初六的月亮還只有一點彎彎的……」

小：「指甲屑！」

我：「對，這時候還可以每天期待月亮會越來越亮、越來越圓。等到十五月亮最圓的那天之後，月亮就只會越來越小了，所以她覺得初六比十五好。」

小：「蛤？最圓有什麼不好？」

我：「就像出國去玩之前，每天想著要出國了就很開心。」

小：「才不好！真的出國才好！」

也是。只是宋詞通常不能只從字面上看。雖然古時候的曲調已經失傳，不過〈憶秦娥〉應該是屬於比較悲戚的曲子，朱淑真選這個曲調填詞，應該不可能真的是開開心心等著過元宵。而且這首詞是押仄聲韻、一韻到底，這也輕快不起來。從這個角度來看這首詞，就會發現上片收尾的皺眉，已經顯出愁態了；下片開頭雖然繽紛熱鬧，但是啊，雖然街上人來人往，卻沒有她的心上人。現在還能期待十五月圓人團圓，但這個期望大概是不可能成真吧？所以才說「元宵三五，不如初六」。

與朱淑真幾乎同時的辛棄疾寫了一首〈青玉案〉，場景和用字遣詞彷彿相似，但是他著名的結尾四句，與朱淑真卻是一幽怨一驚喜的對照：「蛾兒雪柳黃金縷，笑語盈盈暗香去。眾裡尋他千百度，驀然回首，那人卻在，燈火闌珊處。」

說到辛棄疾，讀一下他的〈醜奴兒〉吧，上下片的三、四句也是頂真接龍，只是小學生是上片，我這個中年人是下片：

醜奴兒　宋．辛棄疾

書博山道中壁

少年不識愁滋味，愛上層樓。愛上層樓，為賦新詞強說愁。

而今識盡愁滋味，欲說還休。欲說還休，卻道天涼好個秋。

另外還有一個著名的頂真詞牌：〈宮中調笑〉，詞牌名也作〈調笑令〉、〈轉應曲〉、〈三臺令〉。這首的形式很特別：

平仄，平仄（重複），仄仄平平平仄。平平仄仄平平，仄仄平平仄平。平仄，平仄（重複），仄仄平平仄仄。

不僅一、二句和六、七句都要重複一次，而且第六句的兩個字必須是第五句末兩字的倒轉，根本就是文字遊戲了。而且這首不是一韻到底，而是仄─平─仄的形式，一波三折。

早期有名的詞，是中唐約同時的韋應物、戴叔倫，以及略晚的王建的這幾首，可見這在當時應該是流行曲調。或許唐人平常四平八穩的詩寫多了，寫這種長短句便帶有遊戲性質，也較他們的詩更為白話，清新可愛。例如戴叔倫流傳下來的詩不少，但是詞作只留下這一首。看看「路迷，迷路」、「別離，離別」、「管絃，絃管」、「樹紅，紅樹」、「坐愁，愁坐」、「斷腸，腸斷」，很有趣吧。小學生應該會喜歡玩這個遊戲，我一時只有想到「牙刷，刷牙」，小孩聽我一說，則想到了「花蓮，蓮花」，很棒：

調笑令　唐．韋應物

胡馬，胡馬，遠放燕支山下。跑沙跑雪[2]獨嘶，東望西望路迷。迷路，迷路，邊草無窮日暮。

河漢，河漢，曉掛秋城漫漫。愁人起望相思，江南塞北別離。離別，離別，河漢雖同路絕。

轉應曲　唐．戴叔倫

邊草，邊草，邊草盡來兵老。山南山北雪晴，千里萬里月明。明月，明月，胡笳一聲愁絕。

宮中調笑　唐．王建

團扇，團扇，美人病來遮面。玉顏憔悴三年，誰復商量管絃！絃管，絃管，春草昭陽路斷。

胡蝶，胡蝶，飛上金花枝葉。君前對舞春風，百葉桃花樹紅。紅樹，紅樹，燕語鶯啼日暮。

羅袖，羅袖，暗舞春風依舊。遙看歌舞玉樓，好日新妝坐愁。愁坐，愁坐，一世虛生虛過。

楊柳，楊柳，日暮白沙渡口。船頭江水茫茫，商人少婦斷腸。腸斷，腸斷，鷓鴣夜飛失伴。

寫詞畢竟不是唐人的本色當行，這個詞牌到了五代南唐的馮延巳筆下，才多情了起來。三首分別是對春色而思行樂、對明月而懷人、對水流而垂淚，最後兩句「流水，流水，中有傷心雙淚」，可以比美孟浩然「還將兩行淚，遙寄海西頭[3]」：

三臺令　南唐·馮延巳

春色，春色，依舊青門紫陌。日斜柳暗花嫣，醉臥誰家少年？年少，年少，行樂直須及早。

明月，明月，照得離人愁絕。更深影入空床，不道幃屏夜長。長夜，長夜，夢到庭花陰下。

南浦，南浦，翠鬢離人何處？當時攜手高樓，依舊樓前水流。流水，流水，中有傷心雙淚！

最後，來讀蘇軾這首直接標明是「效韋應物體」的詞吧，可見在此之前，應該是韋詞最為著名：

調笑令　宋·蘇軾

效韋應物體

漁父，漁父，江上微風細雨。青蓑黃蒻裳衣。紅酒白魚暮歸。歸暮，歸暮，長笛一聲何處。

歸雁，歸雁，飲啄江南南岸。將飛卻下盤桓。塞外春來苦寒。寒苦，寒苦，藻荇欲生且住。

加同
映場

歡樂頌

我們現在說「宋詞」說得很順口，但我們也都知道，當年不是只有「詞」，基本上這些宋詞都是能演唱的，只是現在曲譜失傳了。即使如此，念著這些宋詞，我們仍多少能感受其中的韻律感，念到頂真的句型時，也能多少體會其中的樂趣。

說到音樂，小孩最近拉小提琴在練習貝多芬的〈歡樂頌〉，這首曲子大家都耳熟能詳了，不過聽著聽著，嗯嗯，這算不算頂真啊：

Mi Mi Fa Sol，Sol Fa Mi Re，Do Do Re Mi，Mi Re Re……

註

1 清《御選歷代詩餘》引《鄭樵通志》：「〈菩薩蠻〉、〈憶秦娥〉二首為百代詞曲之祖。」不過明王世貞《藝苑卮言．附錄》認為，詞的起源更早：「詞者，樂府之變也。昔人謂李太白〈菩薩蠻〉、〈憶秦娥〉，楊用脩又傳其〈清平樂〉二首，以謂調祖。不知隋煬帝已有〈望江南〉詞。」

2 一作「咆沙咆雪」。

3 唐．孟浩然〈宿桐廬江寄廣陵舊遊〉。

二十四

遊戲之二：百轉千迴內心戲

小孩跟我玩遊戲，要我隨便念九個字的一句話。

九個字啊，那就是〈虞美人〉的收尾，名句可多了：李後主「恰似一江春水向東流」、晏幾道「猶有兩行閒淚寶箏前」、蘇東坡「只載一船離恨向西州」。

哪句都很難解釋給小學生聽啊，然後我念了：「我的弟弟雖然年紀小。」說了一句大白話，但這可是「把拔百轉千迴內心戲」啊，九個字。

這種字數的遊戲，古人也會玩。據說[1]有一次白居易的送別宴上，他要大家依序用一個字到七個字寫詩，而且選了哪個題目，就要用那個題目押韻。這遊戲挺難的，但這次宴會上的才子超多，元稹、李紳、張籍、令孤楚等人都能即席寫出一首，這種宴會一般人大概也不敢參加吧！雖然不敢參加，但至少可以欣賞一下元稹和白居易當時寫的詩，也算躬逢其盛了：

茶　唐・元稹

茶。

香葉，嫩芽。

慕詩客，愛僧家。

碾雕白玉，羅織紅紗。

銚煎黃蕊色，碗轉麴塵花。

夜後邀陪明月，晨前命對朝霞。

洗盡古今人不倦，將知醉亂豈堪誇。

詩　唐．白居易

詩。

綺美，瑰奇。

明月夜，落花時。

能助歡笑，亦傷別離。

調清金石怨，吟苦鬼神悲。

天下只應我愛，世間惟有君知。
自從都尉別蘇句，便到司空送白辭。

這個遊戲太著名，後來就稱做「一七體」，很多文人也忍不住技癢，宋人張棐一次寫了正反二首，算他厲害：

第一峰詩（二首）　宋．張棐

穿雲踏月登茅嶺，一陣西風吹客衣。
松儼立兮如伏，山迴迴兮若幃。
竹泉清可鑑，苔石坐忘歸。
鶴唳空靄，猿啼翠微。
白露下，碧煙飛。
適意，忘機。

歔，欷。
淒，清。
露重，月明。
紗帽濕，裌衣輕。
路險僕倦，石危馬驚。
近市火數點，出林鐘一聲。
客子征鞍暫解，仙家雲關未扃。
濁酒三杯投倦榻，夢回畫被寫吟情。

這首詩看起來是不是就像一座山峰？這個形式好像現代的圖像詩，新詩詩人不妨挑戰看看，要記得押韻喔。

這些詩讀下來，彷彿上了一次文學史，因為從《詩經》、漢詩到唐詩，四言詩、五言詩、七言詩，各有各的寫作慣性。四言詩都是「二加二」的文字節奏，例如「碾雕·白玉」，「羅織·紅紗」。五言詩是「二加三」的句型，其中的「三」可以依內容需要斷成「二加一」，如「金石·怨」，「鬼神·悲」，或「一加二」，如「火·數點」，「鐘·一聲」。七言詩則是「二加二加三」的句子，如「洗盡·古今·人不倦」，「將知·醉亂·豈堪誇」。

理所當然，寫詩作為一種遊戲，就會有人想要打破這種慣性，我只要念到「三加一加三」的特殊句子都會特別開心，以下是我的珍藏：

紫薇花對紫微郎。——唐·白居易〈紫薇花〉

東澗水流西澗水，南山雲起北山雲。——唐·白居易〈寄韜光禪師〉

床頭枕是溪中石，井底泉通竹下池。——唐·賈島〈宿村家亭子〉

紅薔薇架碧芭蕉。——唐·韓偓〈深院〉

碧鸚鵡對紅薔薇。——唐·李商隱〈日射〉

李將軍是舊將軍。——唐·李商隱〈舊將軍〉

畫人心逐世人情。——唐．韋莊〈金陵圖〉
相思淚滴香箋字。——宋．無名氏〈千秋歲令〉
採蓮時唱採蓮歌。——五代前蜀．李珣〈南鄉子〉
無情花對有情人。——宋．歐陽脩〈定風波〉
新啼痕間舊啼痕。——無名氏、或作宋．秦觀〈鷓鴣天〉
斷腸人聽斷腸聲。——宋舊宮人．周容淑〈望江南〉
窺人鳥喚悠颺夢，隔水山供宛轉愁。——宋．王安石〈午枕〉
紅蜻蜓點綠荷心。——宋．陸游〈水亭二首〉其一
野酴醾壓野薔薇。——宋．楊萬里〈入城〉
秋娘渡與泰娘橋。——宋．蔣捷〈一剪梅〉
聰明女得聰明婿，大登科後小登科。——明．馮夢龍《醒世恆言．蘇小妹三難秦學士》

貼完這一串之後，我突然發現，這個「三一三」的句型，小學生很熟練啊：「王大明愛林小美」。唉，可是小學生哪知道，這七個字的學問可大了，這可是累積了文學史上多少創作經驗……算了，當我沒說。

#同場加映

看待世界的方式

雖然說可以將詩詞視為一種文字遊戲，但我更常將詩詞當成文人看待世界的方式。

據說[2]「蘇門四學士」之一的秦觀有一天進城去見蘇軾，蘇軾說：「最近大家都在唱你的『山抹微雲』[3]那首詞，想不到你開始學起柳永了。」秦觀答：「我雖然讀書不多，但老師你這麼說就過分了。」蘇軾說：「你詞中的『銷魂，當此際』，明明就是柳永的句法啊！」秦觀聽了慚愧不已，但這首詞已經流傳甚廣，不能更改了。蘇軾又問他最近有別的作品嗎？這次秦觀舉出比較得意的一首：

秦觀：「小樓連苑橫空，下窺繡轂雕鞍驟。[4]」

蘇軾：「十三字只說得一個人騎馬樓前過。」

從這兩句對話，就可以知道兩人看待世界的方式是如此不同。秦觀因為有細膩的觀察力，他眼中的世界是飽滿豐富的，他不僅看見車馬馳過，還看見香車寶馬，而且是「繡轂雕鞍」的車馬。但是蘇軾只關心：發生了什麼事？你咬文嚼字的，不就是「一個人騎馬樓前過」嗎？

秦觀反問蘇軾最近寫了什麼大作？蘇軾說：「最近剛好也有一首詞寫樓上的事，『燕子樓空，佳人何在，空鎖樓中燕。[5]』」另一個「蘇門四學士」之一的晁補之也在座，馬上補一槍：「蘇老師三句話就說完了張愔和盼盼的故事，太厲害！」

再看一下蘇軾很喜歡的韓愈的詩吧：

山石（節錄）　唐．韓愈

山石犖确行徑微，黃昏到寺蝙蝠飛。升堂坐階新雨足，芭蕉葉大梔子肥。……

天明獨去無道路，出入高下窮煙霏。山紅澗碧紛爛漫，時見松櫪皆十圍。

韓愈這天去爬山，從犖确（音同洛確，ㄌㄨㄛˋ ㄑㄩㄝˋ，崎嶇不平）小徑一路攀走，終於在黃昏到了一座寺廟，看見漫空蝙蝠飛舞。你看看，爬了一天的山，眼前明明是「夕陽無限好，只是近黃昏[6]」的美景，他只看到蝙蝠！然後他坐下來欣賞庭院，剛下過一場雨，雨後的花葉應該是晶瑩可愛的吧？他眼中卻是芭蕉葉「大」梔子花「肥」！這應該是梔子花這輩子唯一一次被人說「肥」吧。隔天他在煙霧繚繞的黎明中離去，一路上到底是什麼花什麼溪也不重要，反正就是漂亮的紅花綠水，倒是松樹、櫪樹非常粗壯，引起了他的注意。

這首詩蘇軾就愛不釋手，幾乎是字面直接搬用來寫了一首詩：

王晉卿所藏著色山二首（其二）　宋．蘇軾

犖确何人似退之，意行無路欲從誰？
宿雲解駁晨光漏，獨見山紅澗碧時。

比較一下秦觀寫雨後庭園的詩囉，這是韓、蘇兩位大男人的豪邁詩風無法觸及的世界：

春日五首（其二）　宋．秦觀

一夕輕雷落萬絲，霽光浮瓦碧差差。
有情芍藥含春淚，無力薔薇臥曉枝。

陣陣輕雷響過（令人想起你的馬車聲響），萬條雨絲飄落（絲諧音思）。雨後初晴，陽光在碧瓦之間浮動。雨後，芍藥也似乎含著淚，薔薇無力慵懶橫臥。你看看，秦觀是如此深情款款地觀看世界。但是啊歷史就是這麼不公平，偏偏喜歡韓愈〈山石〉的還有元好問，他也來補刀秦觀：

論詩絕句三十首　金．元好問

有情芍藥含春淚，無力薔薇臥晚枝。
拈出退之山石句，始知渠是女郎詩。

「曉枝」有的版本做「晚枝」。這裡元好問說，跟韓愈的〈山石〉相比，秦觀的詩根本是女孩兒才會寫的詩。報告老師，請把元好問送性平會。

這樣簡單比較幾首詩詞之後，就知道詩詞從來就不只是一種遊戲。即使不管「詩言志」的傳統，我們也會知道，詩詞，可以做為一種觀看世界的方式，我們閱讀了多少首詩詞，就有多少種感動的可能。

註

1 宋．計有功《唐詩紀事》：「樂天分司東洛，朝賢悉會興化亭送別。酒酣，各請一字至七字詩，以題為韻。」

2 宋．黃昇《花菴詞選》：「秦少遊自會稽入京見東坡，坡云：『久別當作文甚勝，都下盛唱公『山抹微雲』之詞。』秦遜謝，坡遽云：『不意別後，公卻學柳七作詞。』秦答曰：『某雖無識，亦不至是，先生之言，無乃過乎？』坡云：『銷魂當此際，非柳詞句法乎？』秦慚服，然已流傳，不復可改矣。又問別作何詞，秦舉『小樓連苑橫空，下窺繡轂雕鞍驟。』坡云：『十三個字，只說得一個人騎馬樓前過。』秦問先生近著，坡云：『亦有一詞說樓上事，乃舉『燕子樓空，佳人何在，空鎖樓中燕。』晁無咎在座云：『三句說盡張建封燕子樓一段事，奇哉！』」按：燕子樓一事應為張愔與盼盼的故事，而非張建封，此處紀載有誤。

3 宋．秦觀〈滿庭芳〉。

4 宋．秦觀〈水龍吟〉。

5 宋．蘇軾〈永遇樂〉（彭城夜宿燕子樓，夢盼盼，因作此詞）。

6 唐．李商隱〈樂遊原〉。

大人的詩塾

「有些心情，長大才懂」的古詩詞筆記

作　　者　趙啟麟
插　　圖　Nic 徐世賢
裝幀設計　黃畇嘉
業　　務　王綬晨、邱紹溢
編輯企劃　劉文雅
特約總編輯　趙啟麟
發 行 人　蘇拾平

出　　版　啟動文化
台北市 105 松山區復興北路 333 號 11 樓之 4
電話：（02）2718-2001　傳真：（02）2718-1258
Email：onbooks@andbooks.com.tw

發　　行　大雁文化事業股份有限公司
台北市 105 松山區復興北路 333 號 11 樓之 4
24 小時傳真服務：（02）2718-1258
Email：andbooks@andbooks.com.tw
劃撥帳號：19983379
戶名：大雁文化事業股份有限公司

初版一刷　2021 年 3 月
定　　價　420 元
I S B N　978-986-493-124-8

國家圖書館出版品預行編目（CIP）資料

大人的詩塾 / 趙啟麟著 . -- 初版 . -- 臺北市：啟動文化出版：大雁文化事業股份有限公司發行，2021.03
面；　公分
ISBN 978-986-493-124-8(平裝)

831　　110000320